4
望 公太
nozomi kota
イラスト／ぎうにう
giuniu
好
き
なの!?
私
が
JN073769

デザイン●伸童舎

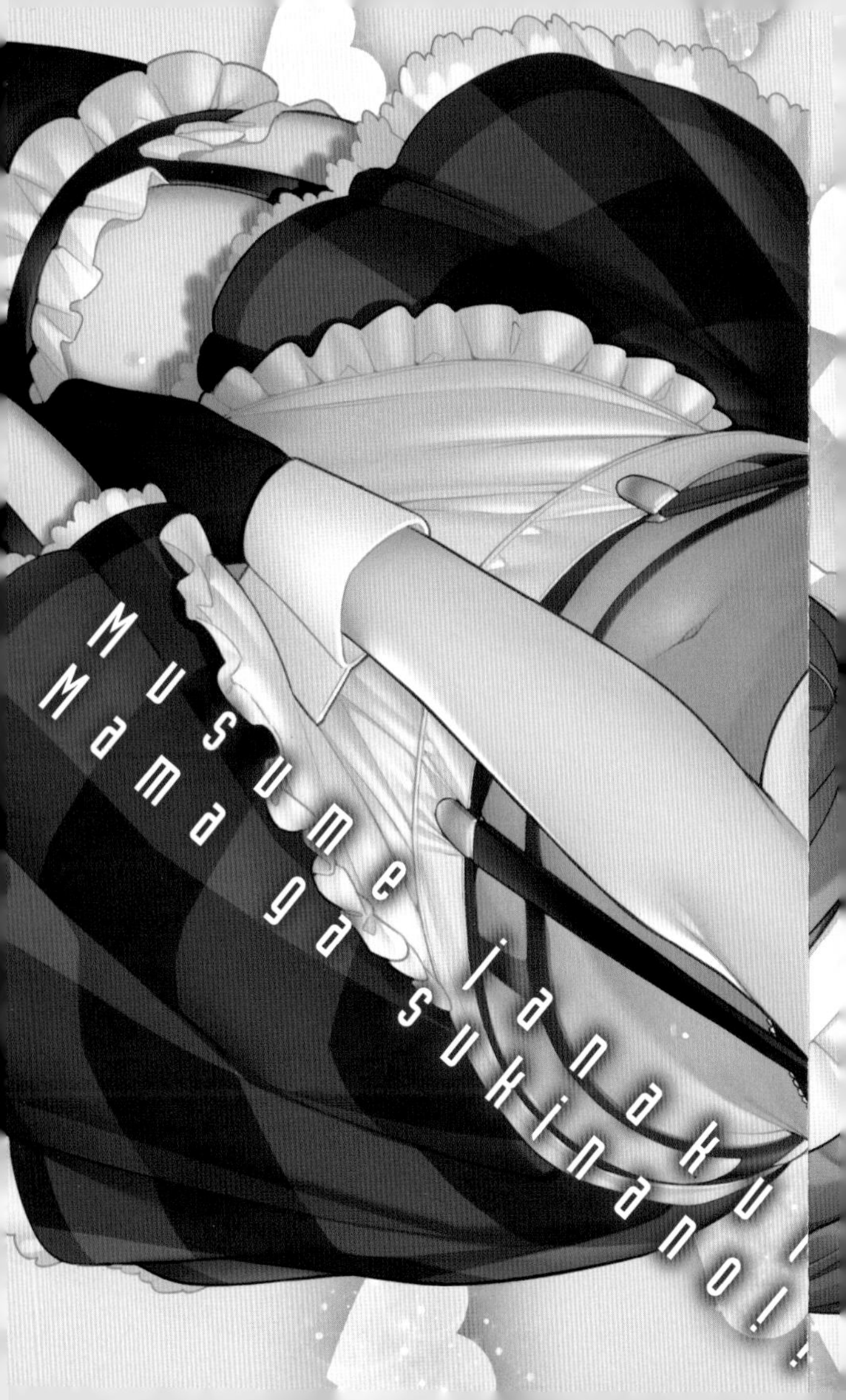
Musume janaku
Mama ga suki nano!!

娘じゃなくて私（ママ）が好きなの!?

Musume janakute Mama ga sukinano!?

望 公太
nozomi kota
イラスト／ぎうにう
giuniu

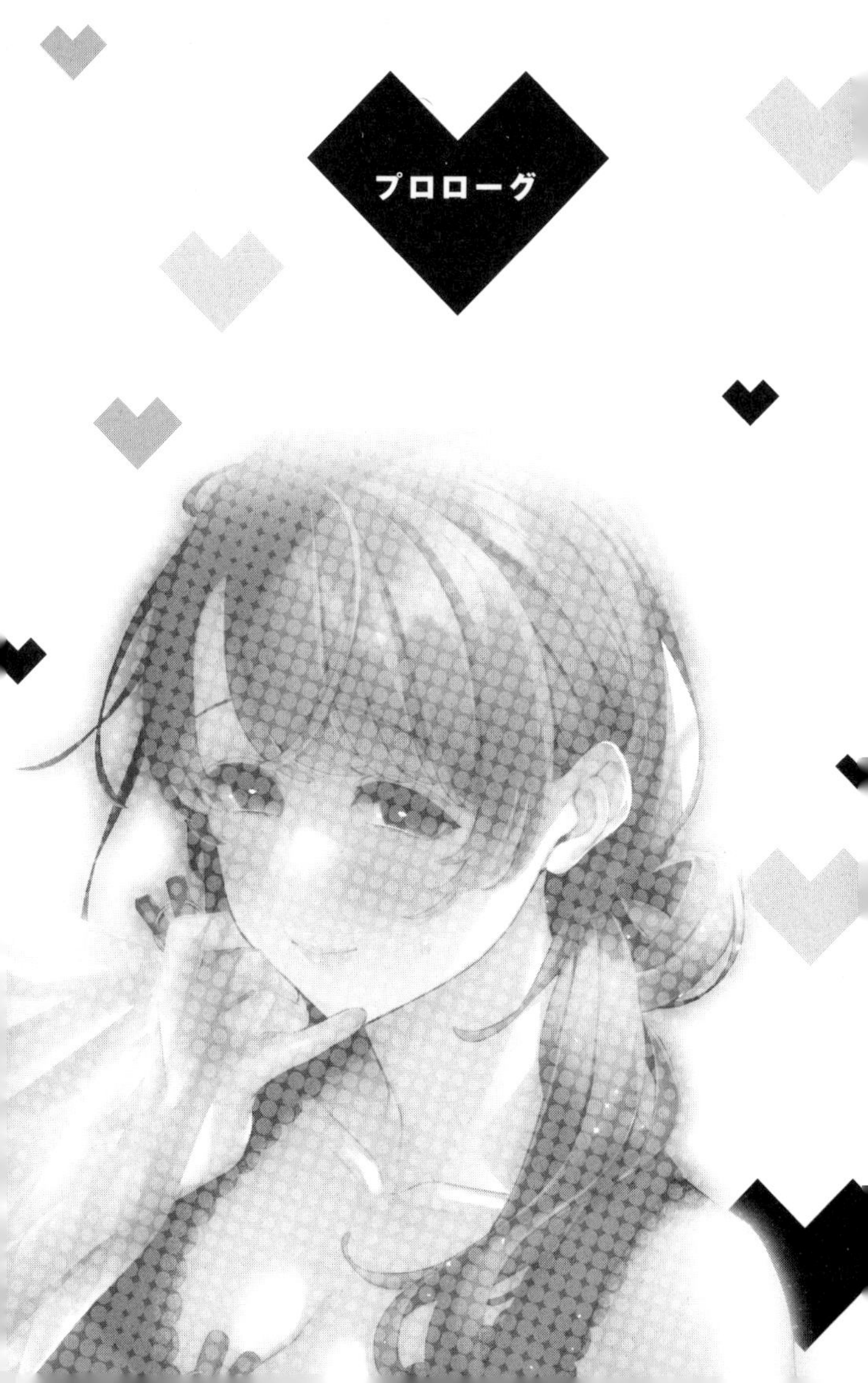
プロローグ

♥

「これでは……ダメですよ、白土(しらんど)先生」

ＰＣ画面に映る仕事相手に向け、私は言葉を選びながら……しかし言葉は濁さずにきちんとダメ出しをする。

「いただいた六巻のプロット……なんだか、すごく冗長でいつもの先生のキレが全然ない。前巻までと同じようなことを繰り返してるだけで、話がちっとも進んでないじゃないですか」

電話の相手は――白土白士(しらんどはくし)先生。

私が担当している作家の一人で、主にライトノベルを執筆している。

元々はＷＥＢ小説サイトに投稿していた方なのだが、四年程前、私から声をかけ、書籍化デビューを手伝わせていただいた。

それからずっと、私が担当編集という形に落ち着いている。

すでに何作か一緒に仕事させてもらっていて、現在は『きみの幼馴染(おさななじ)みになりたい』というタイトルのラブコメシリーズを刊行中。

灰色の十代を送ってきた大学生主人公が、ある日突然タイムリープ能力を手にする。主人公はその能力を使い、片想(かたおも)いしているサークルの女友達の幼少期にフラグを立て、後付けで

『幼馴染みだった』ことになっていこうとするが、しかしそう上手くはいかず同時に他の女性とも幼馴染みフラグを立ててしまって——という斬新な設定のラブコメである。

現在五巻まで刊行中。

発売当初から非常に高い人気を博し——すでに裏ではアニメ化企画が動いている。

なお『白土白士』は、どちらかと言えば男っぽい印象を受けるペンネームだが、二十代半ばの女性作家である。若い。若い……。

「せっかく前巻の最後でものすごく盛り上がって、レイジとアキナがとうとうくっつくのかと思ったら……またそこでくっつかずにグダグダするなんて。さすがにこのプロット通り書いてくださいとは言えません」

はっきりと、きっぱりと言う。

言いにくいことだったけど、ここで言葉を濁してはお互いのためにならない。

送られてきた六巻のプロットは、明らかに出来が悪い。

いつもの白土先生らしくない。

なにか原因があるのかと思ったが——続く白土先生の答えで納得した。

「なるほど……アニメ化を意識してのことだったわけですね」

『——』

「確かにアニメ化するとなれば、こちらとしてはできる限り長くシリーズを続けてほしいです。

ここで一気に話を進めて二人をくっつけてしまえば、シリーズとしての寿命は短くなってしまうかもしれません」

『――』

「正直に言うと……二人がくっついたことで売り上げが落ちてしまう危険性も、ないとは言いきれません。昨今のラブコメというジャンルの場合、なんというか……結論が出てしまうことで、コンテンツ自体が盛り下がってしまう傾向があることは否めません」

ラブコメの楽しみ方は人それぞれ多種多様だと思うけれど――その一つに『結論が気になるから読む』という楽しみ方があると思う。

結論――物語の結論。

ハーレムラブコメで言えば、どのヒロインと結ばれるかという結論。

あるいは単一ヒロインの両片想いラブコメでも、二人が紆余曲折を経て付き合う、という結論。

そういった結論へと向かう過程こそがラブコメの醍醐味の一つであり――読者は徐々に進む恋愛模様を現在進行形で、リアルタイムで楽しみたいという気持ちがあるだろう。

一種のライブ感。

結論が未定の恋愛模様だからこそ、ワクワク感が生まれる。

裏を返せば。

　その結論がわかってしまうことで、恋のかけ引きがなくなるというか……どこか『祭りは終わった』感が出る危険性は否めない。

「アニメが始まる前に二人をくっつけてしまうことは……もしかしたらアニメ化にとってマイナスに働くかもしれない。ネットでネタバレが広まって『誰とくっつくかわかってるなら、俺はいいや』とか言われてしまうかもしれない……」

　でも、それでも。

　と続ける。

「一番大事なのは――原作が面白いことです」

　私は言った。

「アニメはアニメ、原作は原作。アニメを意識することで原作が悪影響を受けてしまっては本末転倒です。もちろん、引き延ばしが必ずしも悪だとは思いませんけれど……今回の場合、白土先生、明らかに嫌々引き延ばしているじゃないですか」

『――』

「そのくらいわかりますよ。デビューしたときから、ずっと白土先生の担当してるんだから」

『――』

「白土先生はアニメのことは気にせず、ご自身で納得の行く形で原作を書いてください。引き延ばしなんか気にする必要はありません。そういった裏事情は考慮せず……作品にとって、キャラクター達にとって、自然で最適な形を目指していただければと思います」

『――』

「そうですよ。それに、付き合ったからって話が終わるわけじゃないですから。付き合ってからの二人を見たい読者だって大勢いると思いますよ。そういう読者の期待に応えて、付き合ってからの二人をしっかり描き続けるというやり方もあると思います」

『――』

「そうそう。第一……前巻であそこまで盛り上げてくっつかなかったら、読者もがっかりしますって。まだグダグダするのかよお前ら、って思っちゃいますよ。いつまでもウジウジ、ウジウジ……両想いだってわかりきってるのに足踏みして……煮えきらないにもほどがある」

『――』

「とにかく白土先生は、原作を面白くすることを最優先で考えていただいて大丈夫です。アニメのことは、我々『ライトシップ』にお任せください。先生自身が納得できるアニメになるよう、最善は尽くしますから。ね、狼森さん」

『うむ。任せてくれたまえ』

分割された画面で、白土先生の隣に移っていた狼森さんが頷く。

今日の打ち合わせは狼森さんも含めて三人で行っていた。

「……ていうかすみません。今日は狼森さんも一緒だったのに、なんか二人だけで盛り上がっちゃって」

『いやいや構わないよ。無理言って混ぜてもらったのは私の方だからね』

小さく首を振り、大らかに微笑む狼森さん。

『「きみおさ」はうちの会社としても、力を入れる仕事になりそうだからね。二人が普段、どんな風に打ち合わせをしているのか見てみたかったんだけど、この分ならなにも問題はなさそうだ。これからも二人仲良く頑張ってくれ』

「あはは。ありがとうございます」

『――――』

「いやいや、褒めすぎですって、白土先生！　私はなんにもしてませんからっ。白土先生の実力あってのヒットとアニメ化ですよっ」

その後、アニメ化に関することで残っていた細かい確認をいくつかしてから、白土先生がビデオチャットサービスから退出した。

画面には狼森さんだけが表示される。

『白土先生、ずいぶんと気合いが入ってるようだったね』

「そりゃそうですよ。なにせ白土先生にとっては、初めてのアニメ化ですから」

アニメ化。

ライトノベル作家にとって、やはりそれは特別なものなのだと思う。

もちろん、我々編集業の人間にとっても。

『はりきってもらえるのはありがたいけど、無理だけはさせないように気をつけないと』

「わかっています。なによりも作家の体調を優先させるよう、尽力します」

『もちろん、それは歌枕くんにも言えるけどね。悪かったね、せっかく帰省中だというのに、私の都合でこんな変な時間に打ち合わせを入れてしまって』

「いえいえ。白土先生もお盆休み返上で頑張ってくださってるんですから、私だけのんびりはしてられませんよ」

言いつつ、改めて周囲を見渡す。

そこはいつもの私と美羽の家――ではない。

私が幼少期を過ごした家の、二階にある一室だった。

八月の中旬。

お盆休み――一日目。

私と美羽は、県北にある実家に帰省していた。

私の母と父が暮らす、私の実家である。

到着したのは今日のお昼ぐらいで、二日ほど滞在する予定。

この家も最近になってようやくＷｉ‐Ｆｉ環境が整ったようなので、持ち込んだノートＰＣでどうにか仕事をすることができた。

「……楽しみですねえ、「きみおさ」のアニメ化」

しみじみと、私は言った。

『そういえば歌枕くんにとっても』

「はい。一から立ち上げた担当作では、初めてのアニメ化です」

途中から引き継いだ作品ならば何度かあるけれど、自分が担当として立ち上げた作品でのアニメ化は今回が初めて。

だから私も自分のことのように嬉しいし、当然気合いも入っている。

「できることならしっかり全力で関わりたいんですけど……まあ、しょうがないですよね。さすがに東北住みじゃいろいろと厳しいですし」

私の実家みたいな田舎でもＷｉ‐Ｆｉ環境が整いつつあり、さらにはなにかとリモートワークが推奨される今の時代。

地方都市在住のまま、どうにかこうにかエージェント会社で編集業をやってきた私だけれど……アニメとなればまた話が変わってくる。

本の出版とは違い、アニメ化には多種多様な業界が関わってくる。

出版業界、アニメ業界、声優業界、イベント業界……各方面のプロフェッショナルが力を集結させてコンテンツを売り出すビッグプロジェクト。

それが――アニメ化。

そんな一大ビジネスの中枢にいるためには……いかにネットワークが発達した現代とは言え東京に、最低でも関東圏に住んでいなければ厳しい。

「アニメ化に合わせてやりたい販促企画とかもあれこれ考えてたんですけど……こっちに住んでる私がメインで動くことは無理そうなので。企画書だけ送りますから、可否はそちらで判断お願いします」

『……………』

「私はこれまで通り、白土先生と一緒に原作の方を頑張りますから、アニメ関連の方は狼森さん達にお願いします」

『……んー。まあ、そうするしかないだろうね、今のままでは』

少し考え込むようにしてから、狼森さんは言った。

なにか含みがあるような言い方だったけれど、私が問い返すよりも早く、

『ところで』

と話を変えてくる。

『左沢巧くんとは——その後どうなってるんだい？』

「…………」

私は——なにも言えない。

全身の動きが一気にぎこちなくなっていく自覚があった。

「そ、それ、は……」

『いきなり挙動不審になるものだね。仕事してるときはあんなにも流暢で、実に頼りになる編集者という感じだったのに』

　苦笑する狼森さん。

『やれやれ、歌枕くんもこの十年でずいぶんと立派な編集者になったと思ったけれど、色恋絡みになると途端に情けなくなってしまうなあ』

「うう……」

『その様子だと、まだ左沢くんとは気まずいままのようだね』

「……はい」

　頷いた。

　頷くしかなかった。

『勢いでキスまでしておいて、それでまだ付き合ってないなんて……。まったく、なにをやっているんだか』

　嫌みっぽい口調が続く。

『なんというか……アレだよ。きみの言葉を借りて言うならば、少々引き延ばしが過ぎるんじゃないのかい？』

「うぐっ」

『ここまで盛り上げておいてくっつかないなんて、興ざめもいいところだよ。まだグダグダするのかお前ら、って感じだ。いつまでもウジウジ、ウジウジ……両想いだってわかりきってるのに足踏みして……煮えきらないにもほどがある』

「う、うう……」

さっき自分が偉そうに言ってた言葉が、全て自分に返ってきた。

「……そ、それはズルいですよ、狼森さん。フィクションと現実をゴッチャにしちゃダメっていうか……。ラブコメを作ってる作者や編集者がみんな恋愛巧者ってわけじゃないので」

『あはは。まあそうだね』

豪快に笑う狼森さん。

『作家や編集者に限らず、誰だってそうさ。虚構のラブコメ、芸能人の不倫、あるいは友人の色恋沙汰……そういう他人事に対してだったら、誰だって偉そうな正論を言えるんだよ。でも自分がいざ当事者になってしまうと……なに一つとして思うようにならない。それが恋愛というものさ』

「…………」

嫌になるくらい、その通りだと思う。

編集者としてなら、あるいは読者としてなら、いくらでも冷静な目で状況を見て、的確な意見を出すことができる。

主人公の行動が男らしくないとか、ヒロインが積極性に欠けてストレスが溜まるとか、こんな展開じゃ読者のヘイトが溜まるとか。あるいはラブコメに限らず、芸能人の不倫や離婚に対して、あれこれと賢しげに語ってみたり。

でも。

いざ当事者になってしまうと――驚くほど思うように行動できない自分がいる。

最適解なんて選べないし、頭でわかってても行動に移せない。

心と体がバラバラで、変なところで足踏みしてしまう。

自分で自分に、ヘイトが溜まってしまうほどに。

『ここは一つ客観的になってみたらどうだい？　編集者目線で、自分を俯瞰して見たらいい。編集者歌枕綾子は、年の差ラブコメのヒロイン歌枕綾子を、どのようにして魅力的なキャラにしていくのか……』

「……いや、私ヒロインじゃないので。ていうか……キツいでしょう。子持ち三十代ヒロインって」

そんな作品を担当作家が提案してきたら、絶対ボツを出すと思う。『あなたね、いくら最近は読者の年齢が上がってるっていっても、ライトノベルは一応、中高生向けコンテンツなんですよ？』って説得する。

『まあ……確かにキツいかもしれないね。あるいは、成人向けレーベルならばどうにかいけるかな？』

「……私って成人向けヒロインなんですか？」

『そんな感じのおっぱいしてるじゃないか』

「お、おっぱいは関係ないでしょう！」

あるのかもしれないけど！

成人向けコンテンツでも……あるいは中高生向けコンテンツでも、おっぱいの大きさは売り上げを左右する大事な要素なのかもしれないけれど！

『まあ冗談はさておき』

狼森さんは言う。

『帰省で一時的に彼と距離を置けたのは、いい機会じゃないか。これを機に……少し落ち着いて冷静に考えてみるといいよ。彼のことを、そして自分のことを』

「…………」

私は小さく息を吐く。

そして、ゆっくりと思い返す。

勢い余ってキスをしてしまった日から、実家に帰省して今に至るまでの流れを。

彼と現在、どんな風に気まずくなっているのかを。

あらゆる障害を乗り越えて後は結ばれるだけだったはずの私達の恋路は……最後の最後で

信じられないぐらいグダグダするのだった。

第一章
接吻と迷走

♥

私、歌枕綾子（かつらぎあやこ）、三ピー歳（さい）。

事故で亡（な）くなった姉夫婦の子供を引き取ってから、早十年。

将来は娘がお隣のタッくんと結婚したら嬉（うれ）しいなあ、なんて思いながら日々を過ごしていたら——ある日突然、その彼から告白されてしまう。

娘じゃなくて私が好きだ、と。

驚天動地。

晴天の霹靂（へきれき）。

彼の告白から、私達（わたしたち）の関係性は一変した。

単なるご近所さんではいられなくなってしまった。

様々な葛藤を経た上で、私は『保留』という大変情けない答えを出してしまったわけだけれど、心優しいタッくんはそんな私を温かく受け入れてくれた。

その後、様々なイベントを経験した。

彼が風邪を引いて看病したり、一緒にデートをしたり、やむを得ぬ事情でラブホテルに一泊してしまったり。

私はどんどん彼を男として意識し、異性として惹（ひ）かれていった。
そして、美羽（みう）からの宣戦布告と——その裏にあった優しき真意。
娘のおかげで、私はようやく自分の気持ちに気づくことができた。
タッくんが好き。
彼のことが、大好き。
もう、近所の少年だなんて思えない。
男として、異性として、好きになってしまった。
一度自分で認めてしまうと、驚くほど心が軽くなった。
今まで葛藤していたのが嘘（うそ）みたい。
私はなにを恐れていたんだろう？
年齢差？
娘がいること？
バカみたい。
彼はそんなこと全部わかった上で、私を好きだと声高に叫んでくれたのに。
もしも障害があったとすれば、それは全部私が勝手に作っていただけのもの。
なにも恐れるものはない。
なにも迷う必要なんてない。

彼は私が好きで、私は彼が好き。

ならばもう、答えは一つしかない。

身を焦がす本能のままに動けば、全てが上手くいく。

大丈夫。

なにも心配なんていらない。

私達にはもう、言葉はいらない——

と。


まあ。


そんなノリで。

家族旅行から帰ってきた後。

お盆休みに入る、二日前。

美羽の家庭教師に来たタッくんに対し——私は玄関でキスをしてしまった。

相手と一切の言葉を交わすこともなく、完全に不意打ちのような形で。

言い訳をさせてもらうなら。

私は自分の気持ちに気づき、それを肯定したことで……なんというか、全てが終わったような気分になっていたのだ。溜まりに溜まった仕事を全部片付けて長期休暇に突入したかのような、圧倒的開放感。

これまで抑圧されていた感情が爆発し、行きすぎた愛情表現をしてしまった。

私達にはまだ、一番大事なステップが残っていたというのに。


今日の授業が終わり、タッくんが帰った後――

「……ねえ、ママ」

美羽がリビングに入ってきた。

「今日のタク兄、明らかに様子がおかしかったんだけどさ……。ずっとボーッとしてて、いくら話しかけても上の空で」

キッチンにいた私に問うてくる。

上機嫌に鼻歌を歌いながら洗い物をしていた私に。

「ママとなんかあったの？」

「んー。そうねー」

私は曖昧に答える。

どうしたって頬がにやけてしまう。

「あったと言えばあったかもしれないわね」

「な、なにその思わせぶりな感じ？」

「うふふ。まあ美羽には少し難しい話かもしれないわね。大人の話だから」

「……なんか壮絶にウザいんですけど」

心底鬱陶しそうに言うけれど、しかし興味が隠しきれないのか、

「それで……なにがあったの？」

と問うてくる。

素っ気ない風を装っているけれど、気になってしょうがない様子。

「んー、まあ……あったわよねえ。思い出に残るようなことが」

言えない言えない。

大好きな彼との初キッスの話なんて、娘にするのは恥ずかしいからね。

本当は……ちょっと言いたいけど！

自慢したいぐらいだけど！

「ま、まさか――」

こちらの態度で察したらしい美羽は、待ちきれないとばかりに問うてくる。

「ママ、とうとうタク兄と付き合うことにしたの？」

「……そう、なっちゃうかなー」

照れながら告げると、美羽は瞳を輝かせた。

そう。

私とタッくんは——ようやく交際したのだ！

付き合っちゃった！

カップルになっちゃった！

いろいろあったけれど、今となっては全てが前フリだったように思えてくる。様々な障害やアクシデントは全て、私達の禁じられた愛を盛り上げるための演出だったんじゃなかろうか。たとえるならば、ロミオとジュリエットのように！

ああ、なんだろう、この無敵感！

今なら、なんだってできる気がする！

久しぶりにヒユミンのコスプレでもしちゃおうかしら！

「へぇ……へぇー。そっかそっか。ふーん。ふぅーん」

驚き冷めやらぬ様子で、大仰に頷く美羽。

驚きと喜びが混在した様子だった。

「とうとう、か……。とうとうゴールインしちゃったわけか」

「ちょ、ちょっとゴールインって……。それじゃ結婚するみたいでしょ、もうっ。気が早いってばっ」

「あーあ。嬉しそうにしちゃって」

照れる私に、呆れ口調で美羽は言う。

「いやー、でもびっくりしたなあ。さんざんグダグダしたと思ってたけど、覚悟決めたら一気に行くんだね。ちょっと見直したよ、ママ」

「えへへ」

「まっ、これも全て、私の完璧なお膳立てがあってのことだと思うけど」

「それは……うん、感謝してます。立派な娘にお尻をひっぱたいてもらえたおかげです」

「うむうむ。よろしい」

冗談めかしたやり取りの後、

「でも……ほんとによかった」

美羽は、心から安堵したように笑う。

「おめでとう、ママ」

「美羽……うん、ありがとう。本当にありがとう」

美羽が笑い、私も笑った。

ああ、なんて幸せなのかしら。

世界が薔薇色に包まれていくみたい。

娘が私の幸せを後押ししてくれる——家族二人で、同じ幸せの形を夢見ることができている。

それは本当に幸福で、奇跡的なことだと思う。

まあ……もうじき家族は二人じゃなくて、三人になるかもしれないんだけど。

なんちゃって、なんちゃってっ！

まだ気が早い、気が早いってば！

「それでさ、ママ」

興味が尽きぬ様子の美羽が、質問を重ねてくる。

「タク兄には——なんて言って付き合ったの？」

「……へ？」

なんて？

言って？

「『へ』じゃなくてさ。なにかしらあったんでしょ？　告白のセリフ的なものが」

「ああ、そういう次元の話ね」

私は大仰に頷き、ふっ、と笑ってみせる。

「若い……若いわね、美羽。告白とかなんとか、そんな低次元の話をするなんて。いい？　大人の恋にはね——言葉なんてものはいらないのよ」

そう。

大人の恋には、言葉なんていらない。

多くは語らないのが大人。付き合うためにわざわざ告白するなんて……そんなの学生時代に卒業しなきゃね！

あの口づけ一つで、私のこの燃え滾るような想いは全て伝わったはず！

一度の接吻は、万の言葉にも勝る愛情表現のはず！

そんな私のアダルトでロマンチックな論法を、

「いや、そういうのじゃなくて」

と美羽は一蹴した。

まったく、最近の若い子は情緒を重んじないなあ。

「ママからなんか言って付き合ったんじゃないの？　告白の返事待たせてごめんとか、これからお願いしますとか」

「そういうのは……えっと、特になかったわね」

「……うん？」

明るかった美羽の顔が一転、露骨に怪訝そうな顔となる。

「え？　なかったの？」

「私からは、特になにも……」

「じゃあ……タク兄からまた告白されたの？」

「……そういうわけでも、ないわね。タッくんも……なにも言ってない」

「……ううん？」

美羽は怪訝を通り越して、困り果てた顔となってしまう。

あれえ？

「…………」

「ほんとに、ほんとにタク兄と付き合ったの？」

とても不安そうな顔で問うてくる。

「ねえ、ママ……」

狐に化かされたような困惑顔。


翌日。

藁にも縋る思いで相談すると、狼森さんはきっぱりと言った。

『いや、それは付き合ってないだろう』

ばっさりとした全否定だった。

ちなみに……相談内容があまりに恥ずかしいものだったので、一応悪あがきみたいに『これは私の友達の話なんですけど』という前置きを入れてみたけれど、全く通用しなかった。

いや、まあ。

狼森さんには以前からいろいろと赤裸々に相談してるわけだから、今更恥ずかしがる必要なんてなかったのかもしれないけれど……でも、今回のはちょっと別格。

恥ずかしい相談にもほどがある。

告白をしてきた相手に勢いでキスしてしまったんですけど、私達は今付き合ってるんでしょうか、なんて――

「つ、付き合ってないんですか……？」

『うん』

「ほ、ほんとに……？」

『うん、本当に』

「ぜ、絶対……？」

『うん、絶対に』

本当に絶対らしかった。

本当に絶対に――私とタッくんは付き合ってないらしい。

「え、ええ……そんな、バカな……」

膝から崩れ、電話を落としそうになってしまう。

『バカな、は正直こちらの台詞だけどね』

心底呆れたような口調で、狼森さんは言う。

『むしろ逆に問いたいよ。なぜ付き合ってると思ったんだい？』

「だ、だって……私は、その、なんていうか……タッくんから告白されてたわけじゃないですか。それで、とりあえず返事は保留という形になっていて……」

『体(てい)よくキープしていたんだよね』

「言い方！」

事実なんだけど！　結果的にそうなってしまったんだけど！

でも……事実だからってなにを言ってもいいわけじゃないと思う。

「つ、つまり私は返事を待たせていた状態で、そんな私が……キ、キスをしたわけですよ？　それはもう……告白にオッケーしたのと同じではないでしょうか？　どんな言葉よりも雄弁な返事となっているのではないでしょうか？」

『あー……なるほどねぇ』

狼森(おいのもり)さんは複雑そうな声を上げる。

『言ってることはよくわからないけど、言いたいことはなんとなく伝わってきたよ。要するに、キスが歌枕(かつらぎ)くんなりのオッケーの返事だったわけだ』

「そ、そうです」

オッケーに決まってる。

オッケーじゃなきゃ、キスなんてできるはずもない。

まあ……そこまで具体的に考えていたわけじゃなくて、なんかもう感情が爆発して勢いで先走っちゃった感じではあるけれど。

「お、大人の恋愛って、付き合う前にいちいち告白したりしないんですよね……？　ムードとか雰囲気重視で……なんていうか、なし崩し的に付き合うものなんじゃ……？」

そういうものだった気がする。

本とかネットとかで、そんな風に書いてあった気がする。

『いや、まあ……確かに学生みたいなノリで改まって告白することは少ないけど……だからって、いきなりキスっていうのものねえ……？　そもそもきみ達二人の恋愛が大人の恋愛なのかって話だし』

なんとも歯切れの悪い調子で、狼森さんは続ける。

『結局、大事なのは左沢くんの反応じゃないのかい？』

「タッくんの反応……？」

『歌枕くんの意図が向こうにきちんと伝わってるなら、なにも問題ないよ。告白の返事をキスで返すというのはかなりイタい——ああ、いや、少々ロマンチックが過ぎるとも思うけれど』

「……言い直すのが遅いです」

かなりイタいってはっきり聞こえた。

ていうかたぶん、聞こえるように言ってるわよね、この人。

『色恋沙汰なんて結局は二人の問題だからね。明確な作法なんてないんだから、きみ達二人が満足ならそれでいいんだ。そう、きみ達二人が、ね』

「…………」

『もう少し詳しく教えてくれたまえよ。きみがキスをしたとき、お互いにどんな話をしたのかな？　できる限り具体的に、そしてできる限り恋する乙女モードを抑えて』

「……ええと」

一呼吸してから、落ち着いて記憶を辿る。

薔薇色に輝いている幸福な記憶を――恋に恋して有頂天になっていたときのやり取りを、できる限り主観を排除して客観的に思い出してみる。

唇が触れていた時間は、たっぷり十秒ぐらい。

タッくんは驚きのためか完全に硬直してしまっていた。

私の方はというと、彼が動かないのをいいことに好き放題していた。首に手を回して抱きつくようにして――激しく唇を押しつける。

熱烈に、強烈に、猛烈に。

彼の柔らかな唇を、貪るように堪能した。

やがて――至福の時間は終わる。

触れ合いを惜しむように、ゆっくりとゆっくりと唇を離していった。

「あ、綾子さん……？」

私がうっとりと余韻に浸っていると、タッくんが酷く狼狽した声を上げた。

「え……い、今のは……？」

真っ赤な顔で当然の疑問を口にする。

私はその口を──人差し指で塞いだ。

さっきまでは唇で触れていたところに、今度は指一本で触れる。

野暮なことは聞かないで、と言わんばかりに。

「……っ」

「いいの。なにも言わなくていいのよ、タッくん」

穏やかな声で、森羅万象の全てを悟ったような声で、私は言った。

言葉なんていらないと思った。

この燃え盛る想いは、言葉でなんて到底伝えきれないと思った。

情熱的なキス一つで、全てが伝わったと思った。

私達二人は、晴れて結ばれた──

「え……あ、あの」

「さあ、美羽が待ってるわよ。家庭教師、頑張ってね」

「…………は、はい」

タッくんは終始困惑気味で、なにかを言いたい、なにかを問いたいような顔をしていたけれど、最終的にはなにも言うことなく、美羽の待つ二階へと上がっていった。

交際に関する具体的な話は、一切しないまま――


「……あれ⁉　付き合ってない⁉」

客観的な視点での回想を終えた私は、素っ頓狂な声を上げてしまった。

あれあれ？

なんか……全然付き合ってなくない⁉

肝心なことをなにも言っていない！

片方が一人で終わった感出してるけど、片方が困惑したままで、なにも話が終わっていない。

おかしい……私視点の世界では静かながらも情熱の炎は燃え盛っていて、たとえるならモノクロ映画のクライマックスのようにロマンチックに決まったと思っていたのに――客観の世界ではなにも決まっていなかった。

というか……まともにコミュニケーションが成立していない！

『なるほど、左沢くんの方は極めて正常な反応をしていたようだね。突然のキスに対して当然の疑問を発しようとした。本来ならそこで、付き合う付き合わないの話をする流れになったんだろう』

でも、と狼森（おいのもり）さんは続ける。

『歌枕（かつらぎ）くんの方が……その流れを勝手に封殺してしまった、と』

「――っ⁉」

いやああ！

な、なにやってるの私！

なんでなんで⁉

なんで――タッくんの台詞（せりふ）遮っちゃってるの⁉

野暮なことは聞かないで、と言わんばかりに遮っちゃった！

全然野暮なことじゃないのに！　すごく必要なことなのに！

『いいの。なにも言わなくていいのよ、タッくん』――じゃないわよ！

なんでこんな百戦錬磨の恋愛巧者みたいな態度取っちゃったの⁉

『まーったく、なにをやってるんだ、きみは？』

実にシンプルな呆（あき）れの台詞（せりふ）だった。

皮肉や嫌みが多い狼森（おいのもり）さんにしては珍しい、純粋な呆（あき）れの言葉。

今の私は、そのぐらい酷（ひど）い状態ということなんだろう。

「ちが……違うんですよ、狼森（おいのもり）さん……け、決して悪気があったわけじゃなくて、あのときは私も盛り上がって有頂天になってて……ありとあらゆる障害を乗り越えてゴールを迎えたような気分で……」

『まあ……気持ちはわかるけどね』

狼森さんは言う。

『歌枕くんにとっては、左沢くんへの恋心を認めることは、そう簡単な話ではなかったんだろう。年の差、娘のこと、隣の少年を異性として見ること、そして今後の生活のこと……様々なことを考えなければならなかったから、決断には少しの時間と、勇気が必要だった』

「………」

『美羽ちゃんの後押しもあって歌枕くんはようやくその決断ができたわけだけれど……今まで悩みに悩んだからこそ、決断の後は思い切り浮かれて、全てが終わった気になってしまったというわけだ……』

「う、うう……」

そう。その通り、なんだと思う。

私とタッくんの恋路。

その間にある障害は全て私自身が作り上げていたもので——言い方を変えれば、私さえ覚悟を決めればそれで全てが解決するものだった。

私は覚悟を決めた。

彼が好きだという、結論に辿り着いた。

具体的に言うなら——娘から奪ってでも彼と付き合いたいという覚悟で挑み、実は娘も私を応援してくれていたという真実が判明した。

解放感がすごかった。

達成感がすごかった。

どうやってもハッピーエンドだ、と舞い上がってしまった。

その結果が……勢いでキスしてからの『なにも言わなくていいのよ』とかいう、空気で察することを重んじるような謎のいい女ムーブ。

『なんだろうねえ、たとえるなら……就職活動で苦労した大学生が、ようやく希望していた企業に内定をもらった後、お祝い会で酒を飲んで大暴れして内定取り消しになったような感じかなあ』

「……最悪じゃないですか」

酷すぎる。

人生が激変するレベルの大失態だ。

今までの苦労が全部台無しになっている。

『まあ、暴走するのも仕方ないのかもしれないけどね。歌枕くんにとっては、十年ぶりの彼氏なわけだろう？　美羽ちゃんを引き取ってからの十年、ずっと男日照りの日々を送ってきたんだ。十年放置された車にいきなりエンジンかけたら、どんなアクシデントが起きたって不思議じゃない』

「……十年どころか、私、一度も……」

『え……？』

「あっ、いや」

『歌枕くん……きみ、まさか――』

「……っ。そ、そうですよ！　悪いですか⁉　今までの人生で一度も彼氏なんかいたことがありません！」

なにか言われる前に、逆ギレ気味に怒鳴る私だった。

「……しょ、しょうがないじゃないですか、縁に恵まれなかったんだから。高校も大学も男子より女子が多いようなところ通ってたし……美羽のことを引き取ってからはそれどころじゃなかったし……」

『そうだったのか』

狼森さんはどこか納得したような声を出した。

『いや、驚いてしまって悪かったよ。なにも恥じることはない。今時珍しいことでもないと思うしね。それだけきみが、高い貞操観念の持ち主だったということだろう』

……そんな格好いい話ではないけど。

特に縁もなく、これと言って努力もしてこなかっただけの話だ。

『なるほどなるほど、歌枕（かつらぎ）くんにとっては十年ぶりどころか、なにもかもが人生初のことだったわけか。それじゃ暴走も迷走も推して知るべしという感じだね』

まとめるように言った後、

『というか……歌枕（かつらぎ）くん』

付け足すように続ける。

『今まで彼氏がいた経験がないというなら……もしかして左沢（あてらざわ）くんとのキスは、ファーストキスだったってことかい？』

「……そ、そうなりますね」

『はあ……そうか。なんて言葉をかければいいのやら……。ファーストキスから、ずいぶんとフルスロットルで突っ走ってしまったものだね』

「う、うう……」

ああもう、ほんとになにやってるんだろう、私!?

記念すべきファーストキスだったのに！

なんでこんな暴走しちゃったの!?

「ど、どうしたらいいんでしょう、私……？」

『どうもこうも、言葉で伝えるしかないだろう』

狼森さんは溜息交じりに言う。

『好きです。お付き合いさせてくださいって、言葉で伝えるしかない』

「……ですよね」

それしかない。

きちんと言葉で伝えるしかない。

言葉はいらない――なんて舞い上がっていたけれど、そんなわけがない。

やっぱり言葉は必要らしい。

わかっている。

頭ではわかっている。

でも――

「……うー、あー……えー？　私、どんな顔してそれ言えばいいんですか……？」

キスまでしちゃったのに？

今から改めて、付き合うかどうかを確認するステップに戻るの？

き、気まずい……完全なる自業自得だけど、気まずい。

『頑張って一から説明するしかないだろうねえ。つい感情が高ぶって「告白の返事をキスでする」という格好つけたことをしてしまいました、って』

「…………」

それ、キツすぎない？

自分のギャグを自分で解説する人みたいになってない？

『気まずいのはわかるけど、早くしないと左沢くんがかわいそうだよ』

「……うう。そ、そうですよねえ」

つい自分のことばかり考えてるけど、一番かわいそうなのはタッくんだ。

私視点では告白にロマンチックな返答をして万事解決したような気分でいたけれど、タッくんの視点で考えてみた場合は――

いきなりキスされた挙げ句、理由を聞こうとしても『なにも言わなくていいのよ』と一方的にコミュニケーションを拒否。

うわあ……うわああああああ！

「タッくん、絶対戸惑ってますよね……」

『だろうね……』

「……わ、私のこと、イタい奴って思ってますかね？」

『イタいっていうか……普通にドン引きしてるかもね』

狼森さんは言う。

まさしくドン引きしたような声で。

『客観的に事実だけ切り取ったら……三十を超えた女が、隣に住んでる男の子にいきなりキスをしたわけだからね。相手の合意もなく、一方的に……。左沢くんが二十歳超えていたからよかったものの、彼が未成年だったなら……軽く事案だよ』

「…………」

魂が抜けてしまいそうになる。

両想いになれたことに浮かれて有頂天になっていた私は、コミュニケーションを放棄して勝手に一人で盛り上がった挙げ句……犯罪ギリギリのことをやってしまっていたらしい。

どうにかしなければ。

でも、どうしたら。

次の日も私は、延々とそんなことを考え続けていた。

もちろんやることなんて一つしかないのはわかっている。

でも……気まずい。

尋常じゃないぐらいの気まずさ。

どんな顔して会ったらいいかわからない。

ああもう、なんでキスなんかしちゃったんだろう。あのキスさえなければどうとでもなった気がする。どう転んでもハッピーエンドに行けるはずなのに、自分のせいで面倒臭いことにな

って る気がする。

一直線の道を自分で迷路にしてしまってるような――

でも、いつまでも悩んでいるわけにもいかない。

今こうしている間にも、タッくんは困っているはずなんだから。

一刻も早く……でも、気まずい。真っ正面から伝えるのは無理だからなにかしら策を練って
……ああ、ダメダメっ。そんなことしたらどうせまた迷路作っちゃうのよ、私は。ここは勢いで……いやまあ、勢いに任せたら問答無用のキスしちゃう女なんだけど、私は。作戦を練っても特攻をしても自爆するって……いったいどんな女なんだ、私は？　ああもう、どうしたらいいのかしら――

そんな風に、ウジウジと悶々と悩み続けている私だったけれど。

神様はどうやら、こんな情けない女にたっぷり悩むだけの時間をくれるほど優しい存在ではなかったらしい。

「え……」

「あっ」

ばったり、と。

家の前でタッくんと会ってしまう。

なぜならば、私と彼はお隣さん。

特に意識せずとも、週に一回は顔を合わせてしまうご近所さん。

私が夕飯の買い物から帰ってきたところで、ばったり出くわしてしまった。

上下ともスポーティなジャージでショルダーバッグを抱えてるから、大学のサークルの集まりがあったのだろうと推測される。

「綾子(あやこ)さん……」

タッくんは照れと気まずさが混在したような顔。

一方の私はというと……もはや気まずいどころの騒ぎではなかった。

「あの……昨日の――」

「～～～～っ⁉」

バッ、と。

思い切り顔を背けてしまう。

あれ。なんで。どうして。

なんで私――顔を逸(そ)らしてるの？　ダメよ、こんなことしちゃ絶対にダメ。わかってる、わかってるのに……体が言うことを聞かない。

彼の顔を見ることができない。

極度の緊張に羞恥、昨日の件に関する不安と罪悪感、それと――こうやって対峙(たいじ)することで改めて感じる恋心。

あまりにも多くの感情が一気に湧き上がってきて、頭が真っ白になる。

いっぱいいっぱいになってしまう。

「……綾子さ――」

「こ、来ないでっ！」

近づいて来ようとした彼を、私は腕を上げて制してしまう。

反射的に、拒絶するみたいな態度を取ってしまう。

「待って……お、お願いだから、ちょっと待って……」

完全にパニック状態。

なにを言えばいいのかわからない。

頭がまるで働いてくれない。

でも……なにか言わなきゃ。

告白の返事をキスでするというイタい行動は、一時のテンションによる気の迷いだったって
ことはちゃんと説明しないと――

「ち、違うの……昨日のアレは、その、なんていうか……き、気の迷いみたいなもんだから
っ！　だから、できれば忘れてほしくて……」

「え……」

必死に言い訳をしていると、タッくんが動揺の声を上げる。

静かにショックを受けたような、そんな『え……』だった。

「気の迷い……だったんですか？」

「そ、そう、気の迷いっていうか、その場のノリっていうか……」

「ノリ……。ただのノリ、だったんですか……？」

深い絶望に沈むような声を出すタッくん——うん？

あれ？

ちょっと待って。

これ、私……キス自体を気の迷いって言ってるみたいになってない⁉

違う違う違う！

気の迷いっていうのは、告白の返事をキスでするという、ロマンチックをはき違えたイタい行動のことなの！

忘れてほしいのはその一点のみ！

キスしたことは——キスしたいと思った気持ちは、気の迷いなんかじゃない。

ま、まずい……。

ちゃんと言わないと。私の気持ち。

このままじゃ私、遊び半分でキスした後、すぐに『忘れろ』って言ってるような、最低最悪の女になってしまう。

純情な青年を誑かして弄んでる悪女になってしまう！

それにたぶん、タッくんだってファーストキスなのに……！

「綾子さんは、そんな適当な気持ちで……」

「ち、違うっ！　そうじゃなくて……そうじゃなくて」

必死に言い訳を考えるけど、まるで頭が働かない。

焦れば焦るほど、口も思考も回らなくなる。

「決して適当な気持ちではないんだけど……い、勢いに任せた部分はなきにしもあらずで……だから失敗……あっ、失敗っていっても後悔してるわけじゃ……いや、後悔はしてるんだけど……でも……ああ、違う違う……うう」

自分でも信じられないぐらい、言葉がグチャグチャになってしまう。

思考回路はもっとグチャグチャ。

頭も気持ちも大混乱で、なにをどう言ったらいいかわからない。

後悔、焦燥、緊張、罪悪感、羞恥心……ありとあらゆる感情が溢れ出してきて、心がいっぱいいっぱいになってしまう。

今すぐこの場から逃げ出したくなってしまう——でも。

ここで引くわけにはいかない。

ここで引いてしまえば、余計に誤解がこじれるだけだろう。

なにより――タッくんを深く傷つけてしまう。

ただでさえキスの件で、彼を惑わせてしまっているのに。

さぞかし動揺し、さぞかし混乱したことだろう。

これ以上結論を引き延ばして困惑させることだけは絶対に避けたい。

「ちょ、ちょっとだけ待って、タッくん……すぅー、はぁー。すぅー、はぁー」

メンタルをリセットするために、一度しっかり深呼吸をする。

よし。

いける。

今ここで、ちゃんと全部説明しよう。

どれだけ恥ずかしいことでも、しっかり言葉にしよう。

こうなってしまった経緯を説明し、そして私の想い(おも)を全て伝える。

言葉はいらない……なんてアホな格好つけをせずに、きちんと言葉で伝えよう。

「あ、あのね、タッくん――」

土壇場(どたんば)でどうにか覚悟を決めた私が、ようやく口を開いた、その瞬間だった。

神様は私に、さらなる試練をお与えになる。

どうやら私という女は、神様にとことん嫌われてしまったらしい。

これも彼を待たせて振り回した、天罰なのだろうか。

「あら、お二人さん」

「──っ⁉」

ギョッとした。

深呼吸で整えた呼吸が、一気に乱れまくった。

現れたのは──左沢朋美さん。

タッくんのお母さんである。

私達二人が向き合っていたところに、エコバッグ片手に近寄ってくる。

偶然、なのだろう。

なぜなら──私達はご近所さんだから！

お隣さんだから！

特に意識せずとも週に一度ぐらいは顔を合わせてしまう。

タッくんとも、そのお母さんとも。

まして今はちょうど夕食を作り始めるような時間帯で、他ならぬ私自身もちょうど夕飯の買い物に行った帰りであった。

それならば……同じく夕飯の買い物から帰ってきた朋美さんと家の前でばったり会うのは、なにも不思議なことではないのだろう。

偶然には違いないけれど、確率的には十分起こる偶然。

でも、それでも。

だからって今そんな偶然が起こらなくても……！

「どうしたの、こんなところで？」

なにげなく問いかけてくる朋美さんだったけれど、

「いや、その、別に」

「え、えっと……」

当然というべきか、タッくんと私は動揺しまくりだった。

二人して朋美さんから視線を外し、凄まじく気まずい空気が発生する。

すると、

「……え？　あら、もしかして」

朋美さんは一瞬目を見開いた後、ぎこちない笑みを浮かべる。

「私……お邪魔だったかしら？」

「──っ」

「か、母さん……」

ビクリと体を震わす私達。

すでに私達二人の関係についてある程度知っている朋美さんは、このなんとも言えない空気でいろいろと察し、そして想像を巡らせたらしい。

「やだもう、私ったら……ごめんなさいね。二人を見かけたから、つい声かけちゃって。邪魔者は今すぐ消えるから、どうぞ続きを――」

「な、なんでもないですよっ！」

恥ずかしさと気まずさが限界を超えた私は、つい大きな声を出してしまう。

「ほんと……なんでもないですから！　タッくんとは、たまたま会ったから少ししゃべってただけで……えっと、その……じゃあ私、晩ご飯の準備もありますので、失礼します！」

言うだけ言って、逃げるようにその場から立ち去った。

タッくんにはとうとうまともな説明をできないままだった。

罪悪感で胸がいっぱいになるけれど……でも無理！

これはさすがに無理！

覚悟は決めたし、決意はした。

深呼吸もしたし、勇気も絞り出した。

タッくんにこれ以上迷惑はかけたくないから、頑張ろうと思った。

でも……これぱっかりは無理！

相手のお母さんの前で告白する勇気は、どんだけ捻り出しても出てこない！

以上。

これが——私達が気まずくなってしまった過程。

まあ……完っ全に私のせい。

タッくんはなに一つ悪くない。

全てにおいて私が悪い。

そしてタイミングが悪いことに、この翌日からはお盆休み。

私は美羽を連れて、実家に帰省する予定となっている。

お隣さんとのエンカウント率がやたらと高くなってしまうこの家から、二日間物理的に離れることとなる。

「美羽、忘れ物はない？」

「ないない」

早朝——

トランクに泊まり用の荷物を詰めた後、私と美羽は車に乗り込む。

「夏休みの宿題はちゃんと持ったの？」

「持ってないけど、大丈夫」

「……なんで大丈夫なのよ？　美羽、この夏休み、全然宿題やってなくない？」

親としての心配がつい口に出てしまう。

家庭教師をしているタッくんが出した宿題を片付けているところは見た気がするけれど、学校の宿題はほとんど進めていない気がする。

大丈夫なのかしら？

もう夏休みの半分が終わっちゃってるんだけど。

「私なりに最終日から逆算して計画を立ててるから大丈夫なの。お盆休み終わってから本気を出せば、確実に間に合う計算。私の計算に狂いはない」

「……その計画性があるなら早めに終わらせればいいのに」

なぜ最終日から逆算する？

一日でも体調崩したら終わる、危険な計画性だからね、それ。

まあ……担当している作家さんでもいるけどね、そういう『追い詰められないとやる気出ない』という人。そのタイプの人は……一回目の締め切り――破ってもどうにかなる締め切りを破ったぐらいから凄まじい追い上げ力を発揮するのよねー。

「私のことより、ママは大丈夫なの、忘れ物？」

「私？　私は大丈夫よ。ちゃんとパソコンも持ってきたし。そうそう美羽、もしかしたら今日の午後辺り、ちょっと打ち合わせしなきゃいけないかもしれないから、そのときはお爺ちゃん達と――」

「そうじゃなくて」

こちらの言葉を遮って、美羽は言う。

「物理的な忘れ物じゃなくて、メンタル的な忘れ物の話」

「メンタル的な……？」

意味がわからずオウム返しをしてしまう。

そして、助手席の窓から外を見やる。

視線を向けた先は隣家――つまり、左沢家がある方向だった。

「あっ。タク兄だ」

「～～～～～っ⁉」

運転席にいた私は、反射的に身を隠してしまう。

頭が外から見えないように、必死に体を屈めて小さくする。

数秒が経過した後、

「なーんて、う・そ」

と美羽が実に軽い口調で告げた。

「……へ？　う、嘘……？」

「あるみたいだね、大きな大きな忘れ物が」

呆けたような気分となる私を見て、美羽は盛大な溜息を吐いた。

メンタル的な忘れ物。

その言葉の意味するところが――ようやくわかった。

「まったく、なんで隠れるわけ？」

「それは……べ、別に理由はないけど、なんとなく今顔を合わせるのが気まずいだけで」

避けたいわけじゃない。

でも……気まずい。

どんな顔して会ったらいいのかわからない。

心の準備をしてからじゃないと、なにから話せばいいのかわからない。

そんな苦悩や葛藤から、つい反射的に隠れてしまった。

「はぁーあ。信じられないよね」

美羽は心底呆れ果てたように言う。

「交際の報告があったと思ったら、実は一人で舞い上がって勘違いしてただけで、実はまだ付き合ってなかったなんて。なにがどうなったら、そんな面倒なことになるの？」

「……う、うるさいわね」

「昨日もせっかくタク兄に会えたっていうのに、結局なんも進展しなかったんでしょ？」

「だって……しょ、しょうがなかったのよ。タッくんのママが来ちゃったら……さすがにそのまま話し続けるのも無理で、だから……うう」

「で、気まずいままお盆休みに入っちゃうってわけか」

　これ見よがしに肩をすくめる美羽。

「もう今、ちゃっちゃと済ませてくれば？」

「なっ。い、今……？」

「タク兄、たぶん家にいるだろうし。出発する前に済ませてきなよ」

「ちょ、ちょっと待ってよ美羽……」

　淡々と言う美羽に、慌てて制止を申し出る。

「そんな、ついでみたいにやることじゃないでしょう？」

　出発する前に済ませるって。

　トイレじゃないんだから。

「い、一応……私達二人にとってすごく大事なことなんだから、もっと落ち着いてるときにじっくりと時間を取って、きちんと向き合って話をしないと……」

「そういうこと言ってるからグダグダしちゃうんじゃないの？」

「ぐっ……」

　冷たい眼差しを向けつつ、美羽は言う。

「ちょっとはタク兄の気持ちも考えなよ。宙ぶらりんのまま放置されて、今、どうしたらいいかわからなくなってると思うよ」

「……わかってるわよ」

咎（とが）めるような視線に耐えつつ、私は頷（うなず）いた。

「タッくんにすごく悪いことしちゃってるのは……わかってる。これ以上、待たせることは絶対にしない」

私は言う。

意を決して。

「この帰省が終わったら――ちゃんとタッくんと会って話をする」

実家から帰って。

お盆休みが終わったら。

つまり三日後に――私はタッくんに告白する。

長らく保留にしていた告白の返事をし、この想（おも）いをきちんと伝える。

「ほんとに？」

「ほ、ほんとよ。もう引き延ばさない。ちゃんと今――タッくんに連絡もしておくから」

私はスマホを取り出し、タッくんへのメッセージを打ち込む。

まず昨日の件についての謝罪。

続けて、今から実家に帰るという報告。

そして――

『実家から帰ったら、二人で会いたいです。

大事な話があります。

だから……もう少しだけ時間をください』

最後の送信ボタンを押す瞬間、やはり躊躇してしまう。

でも——押した。

押す以外の選択肢はなかった。

情けないことをしていることはわかっている。この期に及んでまだ時間が欲しいだなんて。

だからせめて、連絡だけはしておきたかった。待たせるのなら『待たせる』と、きちんと伝えておきたかった。

「……送ったわ」

「ふーん」

美羽は素っ気なく頷くだけだった。

私は車を発進させる。

隣にある左沢家を、一瞥して通り過ぎていく。

第二章
医者と窓帳

♠

「……ああ、もうマジでわけがわかんねえよぉ……」

ハイボールを片手に、俺は盛大な愚痴を吐いた。

隣に座る聡也は、そんな情けない俺を見てクスクスと笑っている。

世間がお盆休みに突入した日の夜――

俺は聡也の部屋で、二人で酒を飲んでいた。

大学生らしく、宅飲みというわけだ。

実家が県外にある聡也は、学生向けアパートで一人暮らしをしている。今年はお盆の混雑を避けるため、八月上旬にすでに帰省は終えているそうだ。

彼女が帰省するからお盆は暇だと以前から聞いていたので、俺の方から声をかけて宅飲みを決行した。

俺も聡也も普段からそんなに飲むタイプではないけれど――でも、今日はちょっと飲みたい気分だったのだ。

「くそぉ……なんで生殺しみたいな気分にさせられてんだか……」

「ふふふ。珍しく荒れてるねぇ」

他人事のように笑いながら、聡也はグラスを傾ける。

ちなみに飲んでいるのは缶チューハイ。

ジュースみたいに甘い酒が好きらしい。

「珍しいよね、巧がこんな風にヤケ酒するのなんて」

「……そりゃ飲みたくもなるだろ」

言いつつ、空になったグラスに新たにウイスキーを注ぎ、適当に炭酸水を注ぐ。普段ハイボールを飲むときはもう少しバランスを考えて作るけれど、今日はもう味なんてどうでもよかった。酔えればなんでもよかった。

「綾子さん……マジで意味わかんねぇよ」

アルコールのせいか、普段なら絶対に出ないような言葉が出て行く。

「いきなりキスされたと思ったら、次の日は露骨に気まずそうにされて、なにか言われるのかと思ったら途中で母さんが乱入してくるし……。なんだよ、それ？　なんだこの特大な思わせぶり？　俺はどうしたらいいんだよ……？」

ここ数日、頭の中は綾子さんとのキスのことでいっぱいだ。

不意打ちみたいにされた、生まれて初めてのキス。

その相手は、ずっと片想いしていた相手。

嬉しくないわけがない。

彼女とのキスなんて、この十年で何度妄想したかわからない。様々なシチュエーションで、様々な気持ち悪い妄想を繰り返してきた。

でも……さすがにこんなシチュエーションは妄想したことがない。

いきなりキスされた後に避けられ始める、なんて。

「まあまあ。一応、連絡は取れてるんでしょ？　帰省が終わったら会ってくれるっていうなら、たった数日の我慢じゃないか」

「……そりゃそうなんだけどさ」

今日の午前中、連絡があった。

帰省から帰ってきたら二人で会いたい、と。

少しだけ時間が欲しい、と。

そんな風に言われてしまえば——俺は頷く以外ない。

お盆休みが終わるまで、あと二日の我慢。

十年待ち続けたことを考えれば、ほんの少しの期間なのかもしれない。

でも——

「今は……たった数日でも長すぎて死にそうだ」

話とはなんなのか。

彼女は今なにを思っているのか。

様々なことを考えてしまい、答え合わせがしたくてたまらなくなる。

三日しかないお盆休みを、永劫のように感じてしまう。

「綾子さん、わかってねえんだよ……あの人のなにげない一挙手一投足で、俺がどんだけドキドキして振り回されてるのか。昔から、ずっとそうだ……」

片想いしていた十年。

無自覚な仕草に何度ドキドキさせられたことか。

俺を少年としか思っていない綾子さんは……とにかく無防備で、隙だらけで、なんというのか、ちょっぴりエッチなイベントが多かった。

下着とか……正直、結構な回数見ちゃったことがあるからなあ。

「確かにね。さすがに今回は綾子さんが悪いと思うなあ」

聡也は深い同意を示した。

「最初に巧から『十歳以上年上の女性に十年間片想いしてる』って聞かされたときは、相手はいったいどんな素晴らしい大人の女性なのかと思ったものだけれど……綾子さんってあんまり大人って感じはしないよね」

苦笑気味に続ける。

「社会人として、そして母親としてはすごく立派な人なんだろうと思うけれど……こと恋愛方面に関しては、奥手というのか不慣れというのか、とにかくスマートさに欠ける感じ……。正直、かなり面倒臭いタイプだと思うよ」

「おい、やめろ。綾子さんを悪く言うな」

「えー……」

咄嗟に反論すると、聡也は裏切られたような顔となった。

「慰めようと思っただけなのに……。ていうか、巧だって悪く言ってたじゃん」

「人に言われると腹が立つんだよ」

ぐい、とグラスを呷って続ける。

「……正直、俺だって少しは思うよ。綾子さん、若干面倒臭いって……。この人本当に三十超えてるのかって。でも……しょうがねえだろ、そういう面倒なところも含めて好きになっちまったんだからっ！」

ああ、ダメだ。

思わせぶりで理解不能な態度に少しの苛立ちは覚えるのだけど——キスをされた喜びがそれをはるかに上回ってしまう。

怒りはどんどん萎んでいき、彼女を想う気持ちだけが膨れ上がっていく。

「くそぉ……ダメだ、好きだ。どんなに振り回されても好きだ……なんだよ、あの人、魔性の女なのか？　こんなに俺を狂わせるなんて、実は凄まじい恋愛巧者なのか？」

「いやいや、それはない」

きっぱりと否定された。

「巧と綾子さんの恋模様はそんな高度なものじゃなくて……なんていうのか、ルールすらよくわかってない素人同士の、グダグダの泥仕合みたいなものだから」

「……ぬう」

呻ることしかできない俺。結構酷いことを言われた気もするけれど、言い得て妙な気もしたのでなにも言い返せなかった。

素人同士の泥仕合。

確かにそうなのかもしれない。

十年片想いしていた俺は言うまでもなく恋愛素人。

綾子さんの詳しい恋愛遍歴は聞いたことがないけれども、俺と出会ってからの十年は誰かと付き合っている様子はなかったし、美羽もそこは否定している。

俺も彼女も、お互いに恋愛に関しては素人みたいなものだろう。

そんな素人二人が必死に争ってる様は、傍から見たらさぞかし滑稽に映るのかもしれない。

低レベルな泥仕合のように見えても仕方がないのかもしれない。

「話を少し戻すけどさ」

聡也は落ち着いた口調で続ける。

「さっき自分で言ってたように、綾子さんはこの十年、巧のことを無自覚に振り回し続けてきたんだと思う。巧の気持ちなんて欠片も気づいてなかったわけだからね。でも――今は違うんじゃないかな？」

「……………」

「綾子さんはもう、巧の気持ちを知ってる。だから今回はさすがに、自覚してると思うよ。自分がどれだけ巧を振り回しているか……どれだけモヤモヤさせてしまっているか」

「……………」

それは――そうなのかもしれない。

キスした日の翌日。

家の前で偶然鉢合わせしてしまった綾子さんは、露骨に気まずそうな顔をして俺のことを避けてきた。

失礼と言えば、失礼な行為だと思う。

でも、しどろもどろな言い訳を繰り返す彼女の顔は――焦りと申し訳なさでいっぱいだったように思う。

その必死さは、真剣さは、痛いぐらいに伝わってきた。

きっと綾子さんだって避けたくて避けたわけじゃない。

彼女なりに悩み、葛藤し、苦悩しているのだと思う。

「巧がもどかしいのはわかるけど――結論を急ぎたくなる気持ちもわかるけれど、そう焦ることはないよ。あと二日我慢すれば、きっと巧が望む答えが聞けるんだろうから」

「……わかんねえだろ。フラれる可能性だってある」

「それはさすがにない……と思うけど、僕が断言してもしょうがないか。全ては綾子さん次第だからね」

苦笑する聡也。

「いずれにしても、信じて待つしかないんじゃないかな。最近怒濤の勢いで話が進んでたみたいだから、一呼吸入れるにはちょうどいいブレイクタイムじゃないか」

「そんなもんかね？」

「向こうもこの休みで、少しは気持ちを落ち着けられるんじゃないかな。美羽ちゃんも一緒にいるなら、そう悪い方に暴走することもないと思うし」

さらりと言う聡也だったが、その言葉の端には美羽に対する信頼のようなものが感じられた。

ふむ。そういえば俺達が家族旅行から帰ってきた後、美羽と聡也が二人で会ってたというのは聞いているけれど……そのとき、なにかあったのだろうか。

美羽を信頼に足る人物だと思えるような、なにかが。

「要するに、時間の問題ってことだね」

「……どっちの意味だよ？　『あと少しで解決する』って意味なのか、『解決するには時間が必要だ』って意味なのか」

「んー、両方かな」

「両方？」

「あと少しだけど、でもその少しの時間がきっと大事なんだよ」

矛盾するような言い方だったが、でも納得もできてしまう。

あと少しだけれど、必要なあと少し。

どうでもいいことのように見えて、飛ばすことはできない時間。

だから——二重の意味で時間の問題。

俺が少し感心した気持ちになっていると、

「まあ、知らないけど」

と聡也は全てを台無しにするような、責任逃れの一言を付け足した。

「知らないのかよ」

「あはは。巧、いいこと教えてあげるよ。人間ね、酒入ってるときの話なんて、なんの生産性もないんだよ。熱く語ってるように見えて、実際は一時のノリで語ってるだけだから。真に受ける方がバカを見る」

「……あー、そうだな」

深い溜息を吐き、俺はまたグラスを呷る。

その後も生産性のない会話をしながら、二人で宅飲みを満喫していくが——時計の針が九時を超えたときだった。

「……ん？　なんか、雨の音すごくねえか？」

「ほんとだね。……わっ、思ったより降ってる」

カーテンを開いてみると、外ではかなり強い雨が降っていた。

閉め切った部屋でテレビをつけながら飲んでいたため、相当な豪雨となるまで気づくことができなかった。

「マジか……。予報じゃ雨だなんて言ってなかったのに……」

「どうする、巧？　傘ぐらいは貸すけど？」

「傘あってもどうにもならんレベルの雨だろ、これ」

「じゃあ泊まってったら？」

「あー……悪い、そうする」

実に大学生らしい軽いノリで外泊が決定した。

「ふふ。久しぶりだね、巧が泊まってくの。なんかテンション上がっちゃうな」

お袋に連絡を入れてから卓に戻ると、聡也は楽しげな様子でそう言った。

「今夜は寝かさないぞ」

「……お前、前もそんなこと言ってすぐ寝たじゃねえか」

「どうする？　今日こそ巧も、メイクにチャレンジしちゃう？」

「絶対にやらん」

「えー、なんでなんで？　楽しいって。今は男だってメイクしていい時代だよ。食わず嫌いはよくないよ」

「そりゃお前みたいにかわいい顔した奴(やつ)なら似合うだろうけど、俺みたいなガタイのいい奴(やつ)がやっても気持ち悪いだけだろ」

「それは差別だよ。長身の女装家だってたくさんいるんだから」

「とにかく俺はやらない」

「ぶー。まあいいけどさ。無理強いしてもしょうがないし」

少し拗(す)ねたように言った後、

「じゃあ、代わりになんか、面白いエピソードトークしてよ」

と続けた。

「……雑な無茶ぶりやめろ」

「そんな難しくないって。綾子(あやこ)さんとの話でいいから」

「綾子(あやこ)さんと？」

「うん、彼女との……『本当にあったエッチな話』とか、聞かせて」

「……どっちにしても無茶ぶりじゃねえか」

やれやれと息を吐く。

酒のせいなのか、聡也の方もやや変なテンションとなっているらしい。

こいつ、顔に出ないから酔ってるのかさっぱりわかんないんだよな。

『本当にあったエッチな話』

まあ……あるんだけどさ！

綾子さんとのエッチな話ストックは結構あるんだけどさ！

この十年、なにかしらイベントがあるたびに脳内にしっかり保存しているので。

俺のことを単なる子供としか思っていなかった綾子さんは、なにかにつけて無防備で、隙だらけで、役得みたいなラッキースケベがたくさんあった。

だからありすぎて選ぶ方が難しいぐらいだけれど——

今ふと思い出すのは、こんな話だ。

あれは、そう。

今から大体十年前。

俺がまだ自分を『僕』と呼び。

綾子さんのことを『綾子ママ』と呼んでいた頃。

ちょうど今日のように、予報外れの雨が降った日だった。

「えー……、今日は左沢家、歌枕家合同で楽しい楽しいバーベキューパーティーをやる予定だったのですが、生憎、予報が外れて土砂降りの雨となってしまいました」

歌枕家のリビングに立った綾子ママは、残念そうな声で告げる。

「さすがにこの雨じゃどうしようもないので、バーベキューは来週に延期。というわけで、今日は代わりにおうちの中でたくさん遊ぶぞ、おーっ！」

「おーっ」

「お、おー……」

六歳の美羽ちゃんは元気いっぱいに手を上げて叫ぶけれど、十一歳になった僕には少々恥ずかしいノリだった。

歌枕家のリビング。

先ほど綾子ママが言ったように、本当ならば今日は、うちと歌枕家で一緒にバーベキューパーティーをする予定だった。

いろいろと準備は進めていたのだけれど、しかし当日になって結構な雨が降り出してしまった。

仕方なくバーベキューは延期。

でも今日を楽しみにしていた美羽ちゃんがすごくがっかりしてしまったので、僕と綾子ママと三人で歌枕家で遊ぶこととなった。

「タッくん、なにかやりたいことある？」

「やりたいこと……。なんだろうな」

「なんでもいいわよ。おままごとでも、ブロック遊びでも」

「……え、えっと」

うーむ。

やっぱりどうも綾子ママは、僕のことを美羽ちゃんと同年代の幼稚園児だと思っている節があるよなあ。

僕もう、十一歳なんだけどなあ。

普通にプレステとかＤＳで遊んでる年頃なのに。

「僕は特にないから、美羽ちゃんがやりたいことでいいよ」

「まあ。さすがね、タッくん。立派なお兄ちゃんだわ。偉い偉い」

感心したように言って、僕の頭を撫で撫でしてくる綾子ママ。

うう……やっぱり子供扱いされている。

「じゃあ美羽、なにかやりたいことはある？」

「うーんとね」

綾子ママの問いかけに、美羽ちゃんは少し考えてから、

「お医者さんごっこ！」

と答えた。

「お、お医者さんごっこ？」

「うん。タク兄知ってる？　今のラブカイザーって、お医者さんなんだよ」

「それは知ってるけど……」

「──そう！　今年のラブカイザーは、まさかの医療モノなのよ！」

綾子ママが凄まじい勢いで食いついてきた。

「『ラブカイザー・ホワイト』……去年の意欲作にして問題作『ラブカイザー・ジョーカー』の後じゃなにをやられても驚かないと思っていたけれど……まさか、ニチアサアニメでガチの医療モノをやってくるとは思わなかったわ。完全に一本取られた感じね」

「…………」

「医者であるヒロインが変身して病原体を倒すという、王道的な展開がメインではあるけれど……その裏にあるのは、大学病院を舞台としたドロドロの政治劇。医療ミスの隠蔽、蔓延る論文盗用、旧態依然とした男尊女卑社会、陰惨にして壮絶な派閥争い……腐敗しきった大学病院で、今、孤高の天才外科医のメスが光る！」

「…………」

「シリーズの定番となっている仲間のラブカイザー集めが、難手術に挑むためのオペチーム集めになってる設定は本当に上手いと思ったわ。今週ようやく孤高の天才オペ看が仲間になったけれど、来週はいよいよ孤高の天才麻酔科医が登場するみたいだし――はっ」

熱弁していた綾子ママが、ようやく我に返る。

僕がなんとも言えない顔をしていたからだろう。

「……そ、そんな設定らしいわよね。私、流し見だから全然知らないんだけど。美羽が見たいっていうから、適当に見ただけなんだけど。あーあ、本当は日曜日の朝ぐらいゆっくり眠ってたいんだけどなー」

「え？　ママ、なに言ってるの？　美羽は録画でもいいって言ったのに、ママが絶対にリアルタイムで見るっていうから仕方なく――もがっ」

「美羽っ。しーっ、しーっ」

きょとんと真相を語り出した美羽ちゃんの口を、慌てて塞ぐ綾子ママ。

どうやら綾子ママは、国民的ニチアサアニメ『ラブカイザー』にハマっているらしい。

去年のクリスマス、一緒に美羽ちゃんへのプレゼントを買いにいったときに、僕はなんとなく察した。

でも綾子ママは、その事実を僕には隠していたいらしい。

別に恥ずかしがることないと思うんだけどなあ。

まあ、僕にはわからない大人のプライドというやつなのだろう。

なんにしても綾子ママの尊厳を傷つけてはいけないと思うので、僕は空気を読んで気づかないフリをすることにしている。

「んんっ。じゃあ美羽の希望通り、お医者さんごっこにしましょうか」

綾子ママは二階からオモチャを取ってくる。

注射器や聴診器などの、お医者さんごっこをするためのセットだ。

「はい、タク兄。お医者さんやってー」

「え？　僕でいいの。せっかくなら美羽ちゃんがお医者さんをやればいいのに」

「いいの。美羽はね、お医者さんが間違えたとき、後ろからズバッと言う仁子ちゃんをやるの」

「……え？」

「あー、先々週の話ね」

戸惑う僕と、納得の頷きを見せる綾子ママ。

「主人公の仁子が、内科医が見逃した病気を、その天才的な観察眼で見抜くシーン。あれは本当に格好良かったわ。外科医なのに内科医より診察スキルが高いなんて、さすがは孤高の天才外科医、卯遠坂仁子。そして誤診した内科医が後からお礼を言いに来ても『無能な医者は存在自体が罪だ』と言い捨てる、冗談みたいな傲慢さとストイックさ……この女王様気質、たまらないわ！　あのシーンを選ぶとは……美羽（みう）、なかなかわかってるわね」

「…………」

あったなあ、そんなシーン。

子供ながらに「子供番組の主人公がこんなこと言っていいの……？」と思うシーンだった。

とりあえず僕は、孤高の天才外科医主人公の引き立て役となるモブ内科医のポジションをやればいいらしい。

「タッくんが内科医で、美羽（みう）が仁子（じんこ）ちゃんやるなら……じゃあ私は誤診される患者さん役ね」

役割分担が完了したので、それぞれ配置に移る。

僕は聴診器を首からかけて床に座り、綾子（あやこ）ママはその正面に座った。

美羽（みう）ちゃんはというと、少し離れた位置に立っている。

診察が終わりかけたときに通りすがる主人公の立ち位置である。

それぞれの準備が終わり、お医者さんごっこが始まる。

「ええと」

僕がどうしたものかと迷っていると、

「……タッくん、ここは適当で大丈夫よ。最初の診察パートは本編じゃ映ってないシーンだから。そこまで気にしないでアドリブでいいわ」

綾子(あやこ)ママが小声で言った。

優しいアドバイスだと思う反面……本編に存在するシーンのときは適当なことは許さないという意味合いにも取れて、僕は少し恐ろしくなった。

「えー、それでは歌枕(かつらぎ)さん。今日はどうされましたか？」

「けほんけほん。先生、昨日から咳(せき)が止まらないんです」

「咳(せき)ですか。それは大変ですね」

「けほんけほん。先生、早く治してください」

それっぽいお医者さんごっこをする、僕と綾子(あやこ)ママ。

……肝心の美羽(みう)ちゃんをほぼ放置してなにやってるんだろうなあ、とも思うけれど、あまり深くは考えないでおこう。

「では、少し胸の音も聞いてみましょう」

特に意識もせず、お医者さんが言いそうな台詞(せりふ)を述べてみる。

しかしそこで、僕は自分がとんでもない指示を出してしまったことに気づいた。

え？　胸？

胸の音を聞くって……。

「お願いします、先生」

僕の動揺なんて露知らず、綾子(あやこ)ママは、ずい、と身を乗り出してくる。

そしてTシャツをめくる――フリをした。

さすがに本当にめくるようなことはなくてホッとしたけれど、綾子ママは思い切り胸を張って、こちらに突き出すようにしてくる。

「……っ！」

ごくり、と息を呑む。

お、大きい……。

やっぱり綾子ママの胸、すごく大きい。

僕の顔ぐらいはあるんじゃないかと思える巨大な胸を、綾子ママはなんの遠慮も躊躇もなく突き出してくる。

大質量の大迫力に圧倒されてしまいそう。

「……どうしたの、タッくん？」

僕が硬直してしまったからだろう、綾子ママが不思議そうに言う。

「ほら、早くポンポンして。その聴診器で」

「～～～～っ」

やっぱりこれは、そういう流れなの⁉

この聴診器のオモチャで、綾子ママの胸を触っていい流れ⁉

どど、どうしよう……。

胸に聴診器を当てるだけだから、厳密には触るのとは違うのかもしれないけれど……でもこんな小さなオモチャで直接触ったら、素手で触るのと変わらないぐらいはっきりと感触がわかってしまいそう。

綾子(あやこ)ママの大きな胸……触りたいか触りたくないかで言えば、そりゃあ……そりゃあ、触ってみたいけれど——ダ、ダメダメっ、絶対ダメだ！

こんな邪(よこしま)な考えを持ってる僕が、子供の遊びにかこつけて胸に触るなんて！

綾子(あやこ)ママの信頼を裏切ることになる！

……まあ、信頼というか、向こうが勝手に子供扱いしてるだけなんだけど。

ああ……どうしたらいいんだろう。

触るわけにはいかない。そんなズルいことはできない。でも……ここで変に躊躇(ちゅうちょ)してしまうと僕が変な目で見ていることがバレてしまうわけで、そうなると綾子(あやこ)ママも逆に恥ずかしい思いをするような気もする。

ここはあえて無垢(むく)な子供のフリをして触る方が結果的に相手を傷つけずに済むんじゃ……いやでも、そんな詐欺みたいな真似(まね)をするのは卑怯(ひきょう)な気もするし……うう、ううう……！

「タッくん？」

激しい苦悩に襲われる僕を、綾子(あやこ)ママは心配そうに見つめてくる。

そのときだった。

「もうっ。ちゃんとやってよ、ママ」

出番を待っていた美羽ちゃんが、不服そうな声を上げた。

駆け足でこちらに近づいてくると、綾子ママの背後に立つ。

そして、

「お医者さんにポンポンしてもらうときは——こうするんだよ！」

言い放つと同時に、綾子ママのＴシャツの裾を後ろから思い切りめくり上げた。

その結果。

ぶるるん、と。

二つの巨大な乳房が、激しい揺れと共に姿を現した。

「——っ」

僕は突然の事態に反応できず、顔を逸らすことも忘れて凝視してしまう。

めくられたＴシャツの下から現れたのは——下着に包まれたおっぱい。

紫色の細やかな刺繍が施されたブラジャーからは、なんとも言えない大人の雰囲気が漂う。

相当大きなサイズのように見えるけれど、綾子ママの胸はそんな大きな下着に所狭しと詰まっている。

しかも乱暴にＴシャツをめくられたせいで、下着がズレて——

「きゃあっ」

「……う、うわあああ！」

綾子ママが少し遅れて悲鳴を上げた瞬間、思わず見とれてしまっていた僕はようやく我に返った。今更のように悲鳴を上げ、思い切り顔を逸らす。

心臓は信じられないぐらいドキドキ言っていて、顔がすごく熱い。

す……すごいものを見た。

すごいものを見てしまった！

なんか……爆発するみたいに飛び出してきた！

「ちょ、ちょっと美羽……もう、ダメでしょっ」

Tシャツを元の位置に戻しながら、美羽ちゃんに注意する綾子ママ。

「むう。だって……お医者さんの前ではちゃんと胸を出さなきゃダメなのに」

「今はごっこだからいいのっ」

恥ずかしそうな顔で言いつつ、もぞもぞとTシャツの上からブラジャーの位置を直すようにする。やや顔を赤らめながらブラジャーを直す綾子ママを見ていると……なんだか、とても落ち着かない気分にさせられた。

「……ごめんね、タッくん。変なもの見せちゃって」

「ううんっ、だ、大丈夫っ」

未だに興奮は収まらないけれど、どうにか平静を装って答える僕。

「はあ……でも、よかった」

綾子ママは苦笑気味に言う。

「見られたのがタッくんで」

「……え」

「もしタッくんのパパがいたら、大変なことになってたわね」

「…………」

綾子ママが何気なく言った一言は、今にも沸騰しそうなぐらいに興奮しきっていた僕の頭を、少しだけ冷静にした。

どうしてだろう。

どうして僕なら――『よかった』んだろう。

僕に見られるのは平気なのに、パパに見られるのは嫌らしい。

その理由は……少し考えればすぐにわかった。

綾子ママにとって――パパは『男』だけど、僕は『子供』だからだろう。

男の人に下着を見られたら恥ずかしいけれど、僕に見られたところでショックでもなんでもない。

なぜなら僕は――子供だから。

息子や弟みたいな存在でしかないから。

綾子(あやこ)ママから見た僕は、男として意識するような相手ではないのだろう。


その後、お医者さんごっこはすぐに終わった。

診察中に美羽(みう)ちゃん演じる主人公が乗り込んでくるという本編シーンの再現に入ったのだけど、そこで綾子(あやこ)ママが――

「ああっ、美羽(みう)、台詞(せりふ)がちょっと違うっ」

「違う違うっ、仁子(じんこ)ちゃんはそんなこと言わないっ」

「こうだってばっ。仁子(じんこ)ちゃんの決めポーズはこうっ」

と熱の入った演技指導を始めてしまったのだ。

案の定というべきか、美羽(みう)ちゃんは露骨につまらなそうな顔となり「もうやんない」と言い出して、お医者さんごっこは終了。

次にやりたい遊びを尋ねると、

「えっと、じゃあ……かくれんぼ！」

と言い出した。

家の中でのかくれんぼ。

雨の日の子供の遊びとしては、比較的メジャーな部類だろう。

厳正なるじゃんけんの結果、最初は美羽ちゃんが鬼で、僕と綾子ママが隠れる役となった。

「いーち、にーい、さーん」

鬼の美羽ちゃんは玄関の隅で目を閉じ、大きな声で百秒を数え始める。

綾子ママはすぐに二階へと上がり、僕は一階をウロウロした。

さて。

どこに隠れようか。

ここで重要になってくるのは——この家が『他人様の家』ということだ。

いくら仲の良いご近所さんとは言え、僕はこの家の子供ではない。

あくまでお客さんで、あくまで他人である。

常識的に考えて……あちこち動き回るのはよくないだろう。

かくれんぼをしているからと言って、勝手に二階に上がるのは気が引けるし、クローゼットや押し入れ等の収納スペースを開け閉めするのも気が咎める。

僕ももう、小学校高学年。

そのくらいの常識は身につけている。

まあ、仮に僕があちこち勝手に隠れたところで、優しい綾子ママは怒ったりしないのかもしれないけれど——「タッくんはもう、うちの子みたいなものでしょ？」なんて笑ってくれそうな気もするけれど、だからってその優しさに甘えるわけにはいかない。

これは、常識と礼儀の問題だ。

よその家は、よその家。

僕はこの手のマナーが守れる常識的な人間でありたいし……なにより綾子ママに「まあ、タックんはなんて礼儀正しい男なのかしら」って思われたい。

というわけで。

そうした一般常識の観点から、僕の隠れられる場所はかなり限られることとなり——加えてもう一つ、考えるべき問題がある。

それは——このかくれんぼはあくまで美羽ちゃんメインの遊びということだ。

彼女の満足がなによりも優先される。

そこまで本気で隠れてもしょうがない。

五歳も年下の女の子相手に本気で競ったところで、得るものはなにもないだろう。

だから、鬼がいつまでも見つけられないような場所は絶対にNG。

かと言って、あまりに見つかりやすい所もよくない。わざと手抜きをしたことがバレてしまえば、美羽ちゃんが拗ねてしまうかもしれない。鬼が少し探してから見つけられるような、適度な難易度を目指す必要がある。

まとめると、僕の隠れ場所は——

・客人が足を踏み入れても許される場所。

・鬼が見つけたときに達成感を覚えるような場所。
　――この二点を満たす必要がある。

「えっと……あっ。あそこはいいかもしれない」

　リビングに足を踏み入れた僕は、条件を満たすいい場所を見つけた。

　窓際のカーテン、である。

　あそこにくるまって隠れているのはどうだろうか。

　ふむ……悪くないと思う。

　リビングはさっきまで遊んでいた場所だから、客人がどうこうの問題は気にする必要はない。カーテンは丈が長めのものだから中に隠れれば意外と見つかりにくいと思うし……でもどうしたって少しは膨らんでしまうから、真面目に探されればいつかは見つかるだろう。

　うんうん、なかなかいい場所だと思う。

「――ごじゅうに、ごじゅうさん、ごじゅうよん」

　カウントにはまだ余裕はあったけど、僕は早めに隠れることにした。

　体をカーテンの布で包みつつ、できる限り自然な感じを目指す。最初は真剣に隠れて、なかなか見つけられないようだったら足や手を出したりすればいいだろう。

　そのまま息を殺して待っていると――カウントが七十を超えた辺りで、予想外の出来事が起きた。

ガバッ、と。

いきなりカーテンが開いた。

「え……」

驚く。まだカウントは終わってないはずなのに。一瞬、美羽ちゃんがフライングしたのかと思ったけれど、

「あれ、タッくん……？」

そこにいたのは綾子ママだった。

「タッくん、ここに隠れてたの？　全然気づかなかったわ」

「ど、どうしたの？　綾子ママは二階に隠れたんじゃ……」

「ああ、あれはフェイクよ」

「フェイク……？」

「最初に大きな足音を立てて二階に行くでしょ？　その後に足音を立てずにこっそりと降りてくれば……美羽は私が二階に隠れたと勘違いするっていう寸法ね」

「…………」

「ふっふっふ。これが大人ならではの戦略というものよ」

「…………」

得意げに言う綾子ママに、なんとも言えない気持ちになってしまう。

　この人、ガチでやってる。

　六歳の娘とやるかくれんぼで、変なトラップを使用している。

　お、大人げない……！

「美羽の意識を二階にやった後、和室の押し入れに隠れる作戦だったんだけれど……想定外のことが起きちゃってね」

「想定外……？」

「……せ、狭くて入れなかったの」

　どうしようもない、根本的な失敗だった。

「思ったより物が多くて、ギリギリいけるかなあ、って思ったんだけれど、最後の最後でお尻がどうしてもつっかえちゃって――あっ、ち、違うのよっ！　私のお尻がやたら大きいとか、最近太ったとか、そういうことじゃないからね！　大人のお尻じゃどうしても無理なスペースだったってことで……」

　必死に言い訳する綾子ママだった。

「だから慌てて次の隠れ場所を探してたんだけど……そっか、ここはタッくんが隠れてたのね。えー、どうしよう……」

　困り果てたように言う。

　美羽ちゃんのカウントは、もう九十秒台に突入していた。

「ああっ、もう時間がない……よし」

追い詰められた綾子ママは――とんでもない行動に出る。

「タッくん、私も入れてっ！」

「……えっ⁉」

僕が許可する間もなく、綾子ママはこっちに飛び込んできた。

自分の体にぐるりとカーテンを巻き付ける。

もちろん、僕も一緒に。

一枚の大きな布に包まれる僕達は、信じられないぐらい密着することになる。

「えっ、ええっ……⁉」

「あんっ。動いちゃダメよ、タッくん。美羽に見つかっちゃうわ。ほら、もっとしっかりくっついて、小さくならないと」

「もがっ……～～っ」

反射的に離れようとした僕を、綾子ママは強引に抱き寄せた。

そして――ギュウッ、と。

少しでも小さくまとまるために、僕を強く抱き締める。身長差の問題で、僕は綾子ママの大きな胸に思い切り頭を埋めることになった。

「――ひゃーくっ！　よーし、探しに行くからねーっ！」

　カウントを終えた美羽ちゃんが、意気揚々と叫んだ。

　続けて、ドタバタと階段を上っていく音が聞こえる。

「……よし。美羽はまんまと私の作戦に引っかかって二階へと向かったらしいわね。これで相当な時間が稼げそうだわ」

　実に嬉しそうな綾子ママだったけれど、僕の方はそれどころじゃなかった。

　このかくれんぼ、時間を稼いだところでなにかメリットあるの？　僕らが見つかるまでいつまでも終わらないだけなんだけど——とかツッコミたかったけれど、とにかくそれどころじゃなかった。

　うわっ。

　うわあああああ！

　なにこれなにこれ!?

　なんか……すごいことになってる！

　顔面がおっぱいに埋まっている——いや。

　これはもう、挟まれていると言っていい次元かもしれない。

　強く押しつけられているせいで、服越しでも柔らかさがはっきりと伝わってくる。もちろんおっぱいだけじゃない。お腹も、太ももも……綾子ママのいろいろな柔らかい部分が、僕の小さな体を包み込んでいくみたい。

綾子ママの体は、大きくて柔らかくて温かくて――そして、いい匂いがした。

嗅いだりしたら失礼だってわかっているけど、鼻先が胸に埋まっているから、勝手に匂いが入ってくる。

遮光カーテンに包まれた、薄暗い空間。

至近距離で感じる体温と感触と匂い……視覚以外で感じる全てがあまりに刺激的すぎて、ドキドキが止まらない。

興奮と緊張で、頭がおかしくなってしまいそう――

「……タッくん？　大丈夫？」

僕が一言もしゃべらないせいか、綾子ママが心配そうに問うてきた。

「だ、大丈夫だよ……」

「そう。じゃあ、もうちょっと我慢してね。美羽が一階に降りてきてからが本番だから」

だからなんでそんなガチになってるんだよ、綾子ママ……。

それから五分ぐらい経っても、美羽ちゃんが一階に降りてくることはなかった。

二階をかなり重点的に探しているらしい。

僕はその間、必死に耐えていたけれど――

そこで、さらなる追撃が襲ってきた。

「ふう……ちょっと熱くなってきちゃったわね」

熱い。

二人で抱き合った上に、カーテンに包まれているのだ。内部に熱が籠もってしまうのは当たり前だろう。そこまでの熱さではなく、軽く汗ばむ程度だけれど——今の状況で『汗ばむ』というのはかなり致命的だ。

ムワッ、と。

表現しようのない熱気が僕らを包み込む。綾子ママから香ってくるいい匂いが一段と強く、そして濃くなったように感じられた。

目もだいぶ薄暗さに慣れてきて……目の前にある巨大なおっぱいもはっきりと見えてしまう。深い深い谷間。柔肌の上にしっとりと汗の玉が浮かんで見えて……僕はもうわけがわからなくなってしまう。

理性も常識も取っ払って、目の前のおっぱいに——いやっ、ダ、ダメダメっ！

なにを考えてるんだよ僕は！

そんなこと許されるわけがない！

綾子ママは僕がそんな子じゃないって思ってるんだから、こうやって無防備な態度を取ってるだけなんだから！

その信頼を裏切るわけにはいかない。

僕のことなんか子供としか思っていないから、なんの遠慮もなく触ったり触らせたりしてくるだけで……僕のことなんか、僕のことなんか——

「…………」

ふと顔を上げると、綾子ママと目が合った。

「ん？　どうしたのタッくん？」

綾子ママは——涼しい顔をしていた。

もちろんカーテン内部は熱が籠もっていて、額には少し汗が浮かんでるようにも見えたけれど、現実の温度とは別の意味で、涼しい顔だった。

落ち着き払った、平静そのものという顔。

僕の方は興奮と恥ずかしさでパニック寸前だというのに、綾子ママの方には一切動揺した様子がない。

こんなにもくっついているのに。

こんなにも——おっぱいに触れているというのに。

「……綾子ママは、平気なの？」

言いようのない感情が、口から零れていく。

「え？」

「嫌じゃないの？　僕と……その、こんな風にベタベタくっついても」

「……えっと」

綾子ママは不思議そうな顔をする。

質問の意図がよく伝わってないみたいだった。

「嫌……じゃないわよ、もちろん」

「……誰が相手でも、こんな風にベタベタ触ったりするの？」

「え、ええ？　そ、そんなことはないわよ……」

困ったような顔で、綾子ママは続ける。

「そりゃ……知らない男の子だったら、こんな風に触ったり抱き締めたりしないわ。相手から触られるのだって嫌だし……」

でも、と綾子ママは続ける。

とても優しい笑顔を浮かべた。

「タッくんなら平気よ。だって私、タッくんのこと大好きだし」

「…………」

その『大好き』は——なんだかとても胸が痛くなる『大好き』だった。

綾子ママはきっと、僕のことが好きなんだろう。

自惚れでもなんでもなく、客観的にそう思う。

好意的な感情を抱いてくれていることは間違いない。

でもその『好き』は、僕の『好き』とはまるで違う。

異性としてではなく、弟や子供に向けるような感情なのだろう。

だからこんな風に簡単にベタベタしてくるし、そのことでいちいち動揺したりもしない。下着を見られようと、思い切り抱きついて密着しようと、綾子ママはなにも感じない。

僕はこんなにもドキドキさせられているのに、綾子ママの方はさっぱり心が動いていない。いとも容易く『大好き』と言えるような相手でしかない。

そのことが、悔しくて悔しくてたまらなかった——

「——あーっ！　足が見えてる！」

美羽ちゃんの大きな叫び声。

直後にカーテンが開かれ、僕と綾子ママは見つかってしまう。

「ママとタク兄、見ーっけたっ」

「ああ……とうとう見つかっちゃったわね」

「こんなところにいたんだ……絶対に二階に行ったと思ったのに」

「ふふふ。まだまだ甘いわね、美羽」

「でもダメだよ、二人で同じところに隠れるなんて。これじゃ、次、どっちが鬼をやればいいかわからないでしょ」

「あー、そういえばそうね……ええと、じゃあ次は……」

「……僕が鬼をやるよ」

そう言って、二人の返事も待たずに玄関に向かう。

目を瞑って百数える。

必死に普段通りに振る舞うけれど、体がとても熱かった。

綾子ママのおっぱいに顔を埋めていたから――ではない。そんな興奮と恥ずかしさは、一気に消えてしまったような気がした。

悔しさ、もどかしさ、焦り……そういう感情が心の中で燃え盛る。

こんな感情が間違っていることはわかっている。

綾子ママが僕を子供扱いするのは当然のこと。

だって僕はまだ――子供なのだから。

どんなに背伸びをしたって、子供でしかないのだから。

子供扱いされるのはしょうがない。

今は――しょうがない。

でも、未来がどうなるかはわからない。僕が大人になり、背だって大きくなれば綾子ママが僕を見る目だって変わるはず。僕のことを一人の男として見るようになってくれるはず。

だから頑張ろう。

長い目で頑張ろう。

いつか絶対に、綾子ママをドキドキさせるような男になってやる！

♠

エッチなエピソードトークと言っても、それをそのまま話すことは俺の大事な思い出を安売りしているような気分にもなるし、なにより綾子さんのプライバシーを侵害することにもなる。だからできる限りエピソードをマイルドにし、当たり障りのない感じで話そうとしてみた結果、どうにも退屈な話になってしまったらしく、

「——だからなにが言いたいかというと、とにかく綾子さんは魅力的な女性であるってことを俺は繰り返し言いたいわけで……ん？」

気づけば、聡也は眠っていた。

チューハイの缶を片手に握ったまま、テーブルに突っ伏してかわいらしい顔で寝息を立てている。

「……結局寝てんじゃねえかよ」

溜息を吐く。

やっぱり『今夜は寝かせないぞ』はただの前フリだったらしい。

まあ……俺のトークが退屈だったせいかもしれないけど。エッチ要素を極力排除しようとしたら、ただ綾子さんを褒めるだけの話になっちまったからな。

眠りについた聡也をお姫様だっこで抱え、ベッドに移動させて寝かせてやる。

一人卓に戻り、再びグラスの残りを呷った。

「……かくれんぼ、か」

昔の記憶を辿っていたら、昔の感情までもが呼び覚まされていった。

ああ、そうだよなあ。

当時は向こうが俺のことを完全に子供扱いしていて、だから役得みたいなラッキースケベイベントはたくさんあった。

でも幼い俺は、それを役得だなんて思っちゃいなかった。

胸に触れても怒られないし嫌がられない――世の中の大多数の男が渇望するような特権を手にしながら、そのありがたみなんてまるで感じていなかった。

もちろん嬉しさはあったし、子供なりに激しく興奮したものだけれど、それ以上にもどかしさがあった。

子供扱いされることが――男扱いされないことが、悔しくてたまらなかった。

早く大人になりたい、と切に願っていた。

「……幸せな話だよな」

ふと笑みが零れてしまう。

「近所のガキとしか思われなかった俺が……今こうして、付き合うか付き合わないかでヤキモキできてんだからさ」

ある意味、夢が叶ったようなものだろう。

子供の頃に夢見た存在に――綾子さんをドキドキさせるような男に、少しは近づくことができたのかもしれない。

彼女が今、なにを考えているのかはわからない。

でも最近の突飛で理解不能な行動から察するに……なにかしら苦悩し、迷走していることは間違いないと思う。

結果がどう転ぶかはわからない。

でも今は少し気持ちを落ち着かせて、現状の幸福を嚙みしめよう。

こうやって綾子さんとラブコメできてること自体が、幼い俺にとっての夢そのものだったはずなのだから。

「………」

結果的に、こうして時間がもらえたのはよかったことなのかもしれない。

過去を見つめ直し、逸る気持ちを少しだけ落ち着かせることができた。

心の準備ができた。

受け入れよう。

彼女の答えがどんなものであっても、ちゃんと逃げずに受け入れよう。

そして俺も——改めて伝えよう。
あなたのことが、やっぱり大好きです、と。
彼女の答えがどうであれ、俺の答えは変わらない。
この十年間、ずっと——

読みたい人だけ読もう、『ラブカイザー』用語解説④

国民的日朝アニメ『ラブカイザー』シリーズの五作目。

・『ラブカイザー・ホワイト』

キャッチフレーズ。
『血よりも赤く、闇よりも黒い純白』

内容――今作のテーマは『医療』。大学病院を舞台とし、異次元より襲来した怪人型ウイルス――『ナオラナインウイルス』に侵された患者を救うため、医師達が奮闘する物語。基本的に主人公達が変身してウイルス型怪人を倒す王道の変身ヒロインものであるが、しかし物語の大部分を占めるのは、大学病院内でのドロ沼の政治劇と派閥抗争。ヒロイン達が一度も変身せず、ひたすら医療ドラマだけをやって終わる回も何度かある。多数の医療関係者が監修に関わっており、治療法や医局の人間模様について極めてリアルに描かれているのが特徴。一話でいきなり患者の一人が死亡し、『尊厳死』について視聴者に問いかける内容にするなど、前作『ラブカイザー・ジョーカー』とは別角度で極めて挑戦的な作風となっている。

このシリーズのラブカイザーは、変身後は1マイクロメートル以下のサイズとなり、患者の体内に入って『ナオラナインウイルス』と直接戦う。しかし主人公である卯遠坂仁子（後述）はその変身システムを過信することはなく、時に変身せず、実在の医療スキルを駆使して外科的なアプローチから敵を駆除することもしばしばある。

変身アイテムや武器は、メス、注射器、クーパーなど、医療器具をモチーフとしたものが多い。しかし第三話にて主人公が未熟な医者に対し『生半可な覚悟でメスを握るな！』とブチ切れるシーンがあり、その剣幕にビビった子供達が仁子が使うメス型のオモチャを『仁子ちゃんに怒られるから、いらない』と言って欲しがらなくなるという悲しい事件が発生した。そのせいか、シリーズ全体は高い評価を集めながらもオモチャの売り上げは伸び悩むこととなった。

・卯遠坂仁子（うとうざかじんこ）

二十八歳。外科医。『ラブカイザー』シリーズは現在十四作目まで放送しているが、シリーズ主人公としては最年長（なお、一部の人外主人公は除く）。仲間となるラブカイザー達も皆成人済みの医療従事者であり、最終的に今作に登場する全ラブカイザーの平均年齢は三十二歳となる。

孤高の天才外科医。他の追随を許さぬほどの圧倒的なスキルを有し、いかなる難手術も難なくこなす。しかしその人格は傲慢かつ冷淡。どの派閥にも属さず、誰の命令にも従わない。大学病院内のヒエラルキーを無視して己の流儀を貫く異端の存在。未熟な医者に対しては憎悪にも近い感情を持っており、医療ミスをした者はもちろんのこと、向上心に欠け漫然と業務をこなす者に対しても容赦なく断罪する。彼女の糾弾・告発によって医局を追放された者は数え切れない。その傲慢な振る舞いから病院内で疎まれているが、その苛烈なまでのストイックさは全て患者を思うがゆえのこと。患者とは一定の距離を保ちながらも比較的温厚な態度で接しており、評判は良好。また病院内にも一部の理解者は存在する。

仁子の孤独主義、そして異常なまでのスキルへの執着には、軍医だった母親の死が深く関係する。

ラブカイザー・ホワイトとして戦うことを選んだのも、己のスキルアップと患者の命のため。『ナオラナインウイルス』に侵された患者を一人残らず救うため、仁子は一人で戦う力に限界を感じ、手術チームを作ることを決意する。しかし集まる仲間達は皆、仁子と同じく卓越したスキルを持ちながらも人間性に難があり、『孤高の天才～』と呼ばれる孤立した存在ばかり。己のスキル以外はなにも信用せず孤独に戦い続けてきた仁子は、似たもの同士である彼女達との衝突を繰り返しながら、唯一無二のチームを作り上げていく。

なお、医療がテーマということで、番組冒頭には仁子が子供達に向けて手洗いうがいを推奨する短いパートが存在する。しかしそこはまだキャラが定まってない頃に作られた部分であるため、仁子が本編では絶対に見せないようなニコニコの笑顔で軽快なダンスを披露している。

第三章
実家と捻挫

♥

お盆休み、一日目の夜。

久しぶりに帰ってきた娘と孫のために――まあ、おそらく八割ぐらいは孫のために、お母さんは腕によりをかけたご馳走を用意してくれた。

「うんっ、美味しい。相変わらずお婆ちゃんの料理は絶品だね」

唐揚げを頬張りながら絶賛する美羽。

お母さんは顔に皺を刻んで嬉しそうに笑った。

「あらあら。美羽ちゃんは褒め上手ね。たくさん用意してるから、遠慮なく食べてって頂戴ね」

「うん、食べる食べる」

言葉通り、美羽は盛り盛り料理を食べていく。

「ふふ、やっぱり若い子の食べっぷりは見てて気持ちがいいわね。お父さんと二人きりじゃ、頑張る気も起きなくて。最近じゃもっぱらスーパーのお惣菜よ」

おっとりとした口調で言って、小さく微笑む。

歌枕春枝――私のお母さん。

手入れの行き届いた長い髪と、おっとりとした優しい顔立ち。

四十代ぐらいに見えるが、実はもう還暦間際。

私と同じく、よくも悪くも童顔で実年齢より若く見られがち。

「いやー、美羽ちゃんも本当に大きくなったな。ついこないだ小学校卒業したと思ってたら、いつの間にかもう高校生か。そりゃ俺も年を取るわけだ」

上機嫌に言ってビールをグイッと飲む。久しぶりに孫に会えたのが嬉しくて堪らない様子だ。

歌枕文博――私のお父さん。

色黒で皺だらけの顔と、短く刈った総白髪の頭。年はもう還暦を過ぎているけれど、未だに現役で大工さんをやっているからか、体格はがっちりしている。

「すっかり綺麗に育っちゃってなあ」

「えー、ほんとにぃ？　イケメンな爺ちゃんのＤＮＡのおかげかな？」

「ははっ。またまた、調子のいいこと言って。さてはお盆玉が目当てか？」

「いえいえ、全然そんなことないですよ。普段から思ってることが口に出ちゃっただけですよ。ささっ、お爺様、ビールをお注ぎしますよ？」

「はははっ。上手いなあ、美羽ちゃん。母さん、この子は相当なやり手だぞ」

「うふふ。ほんとね」

久しぶりに会えた孫に、めちゃめちゃデレデレするうちの両親。

美羽がまた、上手いのよねえ。

ジジババのツボを心得てるっていうか。

「そういえば美羽ちゃん、高校の方はどうなの？　楽しい？」

お母さんが世間話のように問うた。

「うん、楽しく通ってるよ。勉強は大変だけどね。背伸びして進学校に入っちゃったから」

「美羽ちゃん、勉強なんか適当でいいんだよ。子供のうちはいっぱい遊んどけ。俺なんか高校なんて半分も行かなかったぞ」

「美羽はあなたとは違うのよ」

口を挟んできたお父さんを、ピシャリと制するお母さんだった。

そして再び美羽の方を向く。

「楽しく通ってるならなによりだわ。それで……どうなの？」

少し悪戯めいた顔となって問う。

「彼氏とか、できたりした？」

「ぶっ」

お父さんが、ビールを噴き出しそうになる。

「な、なにを言ってんだ、母さん。彼氏って……」

「あら？　普通の話でしょう？　高校生になったら彼氏の一人や二人ぐらい。美羽ちゃんはこんなにかわいいんだから、男の方が放っておかないわよ」

「ダメだダメだ！　美羽には彼氏なんてまだ早い！　俺は許さん。断じて許さんぞっ」

「あなたが許す許さないの話じゃないでしょう」

頑固親父みたいなお父さんの態度に対し、やれやれと呆れるお母さん。

「それでどうなの美羽ちゃん？」

「ど、どうなんだ、美羽ちゃん？」

「んーっとね」

ややデリカシーに欠けるジジババの質問だったが、美羽は特に気分を害した様子もなく、普段通りの飄々とした態度で、

「今はいないかなあ。なかなか私に釣り合う男がいなくて」

と明るく答えた。

「あらあら、そうなの」

「ほ、ほら見ろ。だから言ったんだ」

残念そうなお母さんと、安心した様子のお父さん。

私はそんな三人の様子をほのぼのとした気持ちで見つめながら、久しぶりのお母さんの手料理を堪能していたのだけれど、

「あっ。でも――」

続く美羽の言葉で、度肝を抜かれる。

「ママは最近、彼氏できたよね」

「……んぐぅっ⁉」

口中に入っていたポテトサラダが変なところに入った。

「げほっ、げほっ……ちょ、ちょっと美羽……？」

仰天して美羽を見つめると、サディスティックな視線が返ってきた。

「ねえ、ママ？　超ラブラブなんだよね」

「なっ……」

なに考えてるのこの子⁉

こんな場で、なにを言ってるの⁉

「あらあら！　そうだったの、綾子っ」

お母さんは目を丸くするも、すぐに歓喜の笑みを浮かべる。

「なによもう……あなた、いつの間にそんなことになってたの？　いい人がいるなら教えてくれればよかったのに」

「いやっ、その、だから……ま、まだ厳密には付き合ってるわけじゃなくて……」

「うん？　そうなの？　でも、まだってことは……」

「……っ、付き合う可能性はあると思うんだけど」

「あらあらぁ……知らない間にずいぶんと楽しいことになってるのね。それで、どこのどんな人なの？　仕事はなにをしている人なの？」

喜色満面となり、ぐいぐい質問攻めをしてくるお母さん。

一方お父さんはというと、

「……ほう。そ、そうか……ま、まあ、綾子もう、三十路越えてるわけだからな。そういう話もあって当然だ。め、めでたいことじゃねえか……」

静かな声で言うけれど、なんだか口調がぎこちなかった。

美羽のときとは違い、なんていうのか……リアルなテンションで動揺しているのが伝わってくる。

「ねえねえ、綾子。どんな人なの？　お母さんに教えて頂戴よ」

「いや、その……えっと、えっと……！」

美羽～～っ！

と内心で叫びながら睨みつけるも、向こうは涼しい顔で料理を食べ続けていた。

食後、お風呂の時間。

「はあ……」

実家の湯船に浸かった私は、深々と息を吐き出す。

あれから大変だった。

お母さんはどんどん質問してくるし、お父さんはあんなに楽しくお酒を飲んでたはずなのに、すっかりとテンションが下がって一人で静かに飲み始めるし。

「まったく……美羽ったら、なにを考えてるのかしら」

どうにか『正式にお付き合いすることになったら、ちゃんと報告するから』ということでお茶を濁したけれど。

でも結局、問題の先送りにしかなってないのかもしれない。

ああ……そうか。

もしもタッくんと付き合うようになったら、いずれはお父さんとお母さんにも正式に報告しなきゃいけないのよね。

……い、言いたくない。

どんな顔して言えばいいの？

彼氏は十歳も年下の大学生、だなんて。

しかも隣に住んでて昔から知っている男の子、だなんて。

私がこの十年、左沢さん家に大変お世話になっていることは両親も知っている。

だから……そこの一人息子に手を出したってなったら、いったいどんな白い目で見られることか……。

「うう……」

わかってはいたことだけれど、私達の年齢差は『愛があれば年の差なんて』の一言で片づけられるほど簡単なものではないのだろう。

私はもう三十歳を超えていて、娘だっている。

恋愛感情一つで自由に恋をしていい立場じゃない。

両親を含めた周囲の目というものが、どうしたって気になってしまう。

もちろん、タッくんはその辺のことをしっかり考えてくれているし、私だって……自分の気持ちを自覚したときに、諸々の覚悟は決めたつもり。

今更、立場を理由に交際を諦めるつもりはない。

でも……改めて現実を突きつけられると、少々億劫な気持ちにもなる。

はあぁー……言いたくないよぉ。

タッくんのこと、親に言うの嫌だよぉ。

と。

湯船に浸かってあれこれと考えを巡らせているときだった。

「ママ」

脱衣所から声がした。

磨りガラスの向こうには、美羽のシルエットが見える。

「どうしたの、美羽？」

「私も一緒に入っていい？」

「え……？　な、なんで……」

「ていうか入るね」

こちらの返事も待たずに、美羽はとっとと服を脱いで浴室に入ってきた。

無駄な脂肪など一切ないような、ほっそりとした肢体。若くて張りのある肌。小さなお尻。

我が娘ながら本当に綺麗で……シンプルに羨ましくなるスタイル。

若さが……若さが眩しいっ。

「ママ、詰めて詰めて」

簡単に体を洗った後、美羽は湯船に入ってきた。

実家の浴槽は我が家より少し広いとは言え、二人で入るとさすがに狭い。

「ど、どうしたの、美羽……？」

一緒にお風呂に入ってくれるなんて。

珍しいこともあったものね。

たまに私が無理やり乱入すると、すごく嫌な顔するくせに。

「んー。別にー。早く済ませようかと思って」

美羽は淡々と言う。

「この後、お爺ちゃん達もお風呂入るでしょ？　二人とも私達に気を遣って先に入れてくれるし、じゃあとっとと入っちゃおうかなと思って」

「…………」

「というのは建前で——ママと少し二人で話したくて」

美羽は言った。

「話……？」

「そう。話。まあ私が話したいっていうより、ママの方に言いたいことがあるんじゃないかと思いまして」

「……そうね。言いたいことはあるわ」

ジッと美羽を睨む。

「なんだったの、さっきのは？　私に彼氏ができたとか……」

「ああ、やっぱり怒ってた？」

「怒るとかじゃなくて……どういうつもりなのって聞いてるの」

「別にいいでしょ？　どうせ遅かれ早かれじゃない？　いずれ二人が結婚するってなったら、お爺ちゃんとお婆ちゃんに報告しないわけにはいかないんだし」

「け、結婚って……！　ま、万が一将来そうなるにしても……物事には順序ってものがあるでしょう?」

順序というか、心の準備というか。

「今事実そのまま伝えたら、絶対面倒なことになるわよ……。相手が二十歳の大学生だってわかったら……なに言われるかわかったもんじゃないわ」

「そのぐらいはわかってるよ。さすがに反対されそうだもんね。だから相手については伏せといたじゃん」

飄々と言う美羽。

「まあちょっとデリカシーに欠けることしちゃったとは思うけどさ……でもこうやって地道に外堀でも埋めていかないと、ママ、いつまでもグダグダしてそうだし」

「う……」

ジトっとした目で睨まれ、言葉に詰まる。

それでも必死に言い返す。

「も、もう大丈夫よ。家に帰ったら、ちゃんとタッくんと話をするから」

「どうだか。ママのことだから、タク兄の顔見たらまた避けちゃうんじゃないの？　今朝みたいにさ」

今朝——ああ、あれか。

美羽の嘘に引っかかって、思い切り車内で隠れてしまったときのこと。

「……あ、あれは違うのよ。こっちにだって深い事情があって」

「事情もなにも、要するにただの好き避けでしょ」

「好き避け……？」

「好きすぎて避けちゃうってこと」

「そ、それは……」

うーん。

そんな簡単な言葉で済まされるにはあまりに事情が込み入っているとも思うけれど……でも簡単に言えばそういうことなのかなあ？

好きなんだけど、顔を見るとテンパってどうしたらいいかわからなくなっちゃって、避けたくないのに避けてしまう——ああ……うん。

なんかただの好き避けで間違いじゃない気がしてきた……。

「まあ、好き避け自体は恋する乙女ならよくあることなのかもしれないけどさ。私の同級生とかにも、好き避けしちゃう子はいるし」

でもね、と美羽(みう)は続ける。

「ママ、一つだけ言っていい」

「……言わなくていい。大体わかるから言わなくていい」

「三十超えた女の好き避けは……キツい」

「……言わなくていいって言ったのにぃ」

悪かったわね！

三十路越えてるのに十代の乙女みたいな行動して悪かったわね！

「もうほんとさあ、この前のドラマチックな展開はなんだったわけ？　わんわん泣いて愛を訴えてたママはどこ行ったの？　あとは覚悟完了したママが一歩踏み出してハッピーエンドで終わるだけだと思ってたのに」

美羽の毒は止まらない。

「……そ、そのつもりではいたのよ。でもね、ちょっとドラマチックが過ぎたというか、覚悟を決めすぎたというか……何事も行きすぎるとただの暴走と迷走っていう教訓めいた話でね……」

「なんていうか……ママの恋路ってさ、相手のタク兄も含めて周囲全員がママのフォローに回ってると思わない？」

「フォロー……？」

「及び腰になってるママのために、みんなが全力で道を舗装してあげて、ママはただまっすぐ走るだけでゴールできる状態。みんなが背中を押してあげたおかげで、ママはようやくスタートを切ったんだけど……一歩目で捻挫しちゃった感じ」

「私、そんな酷いの⁉」

万全のバックアップ態勢の中、一人で勝手に捻挫してるの⁉

ちょっと面白すぎるでしょ、それ……。

バラエティだったら百点満点よ。

「うう……わかってる。わかってるわよ、自分が情けないことしてるってことは、ちゃんと自覚してる。みんなが優しく応援してくれたのに……ほんと、私が一人でポンコツで……申し訳ない限りよ」

「……まあ、申し訳なく思うことはないと思うけどさ。みんな頼まれてもないのに勝手にやってるだけだし。背中を押すって言えば聞こえはいいけど——裏を返せば、後戻りできないように追い詰めてるってことだから」

感傷的な顔つきとなり、美羽(みう)は言う。

先ほどまでの刺々(とげとげ)しい口調とは違い、やや弱々しい声となっていた。

「みんながみんな応援してくれるってのも、ある意味やりづらいよね。絶対に失敗できないし、成功するにしても大成功じゃなきゃ許されないように思っちゃうし……。ママもプレッシャーだったのかな、って思うよ」

「美羽(みう)……」

「自分のタイミングでスタート切れなかったせいで……なんか変に空回っちゃったのかもね。ああ、ほら？　綺麗(きれい)に舗装されたアスファルトの道の方が、実は膝に悪いってともいうし」

「…………」

心に温かいものが広がっていく。

ああ、美羽は本当にいい子だなあ。

てっきり情けない私を叱咤するために入って来たのかと思ったけれど、どうやらそうじゃなかったみたい。

こんなにもポンコツな私のことを、美羽なりに心配してくれていたようだ。

私の恋路を、ある意味で急かしてしまったことに対して、罪悪感や負い目を感じているのかもしれない。

「……ありがとう、美羽」

私は言った。

「ママのこと、心配してくれて」

「……別に心配はしてないし。同情して哀れんでるだけだし」

「確かに美羽の言う通り……自分のタイミングでスタートは切れなかったのかもしれない」

タッくんへの気持ちを自覚できたのは周囲のおかげで——そしてなにより、美羽のおかげだ。

美羽の一芝居がなければ、私は今も自分の気持ちから目を背け続け、友達以上恋人未満のヌルい関係にどっぷりと浸かっていたことだろう。

悪く言えば、強制的にスタートを切らされたことになるのかもしれない。

でも――

「でも、すっごく感謝してる。みんなが応援してくれなかったら、美羽が後押ししてくれなかったら、いつまでもスタートできなかったと思うから」

私は言った。

「美羽のおかげで、一歩踏み出すことができた」

「その結果が捻挫だけどね」

「う、うるさいわね」

お風呂から出た後、私は奥の部屋で寝床の準備を始めた。

「よい、しょっと」

押し入れから布団を取り出し、二人分の寝床を用意する。

単調な作業の中、頭では、

「捻挫、か……」

お風呂の中で美羽とした会話を思い出していた。

確かに私の恋路は、舗装された道路のようなものだったかもしれない。

タッくんは誠実で紳士で、でも時に情熱的で、そして事前に両親の説得を済ませておくぐらい準備がいい。

そしてこの手の恋愛で一番ハードルになりそうな娘はというと……なんだかもう信じられないぐらい協力的で、一芝居打って背中を後押ししてくれるぐらいに賢く強かで、誰よりもママ思いの最高の娘だった。

狼森さんは厳しくも優しくて、タッくんのママもすごくいい人で……私の恋路に関わる私以外の人達は、みんな素晴らしい人ばかりだった。

おかげで。

『三十路越えシングルマザー×二十歳の大学生』

という、本当ならば様々な障害が転がる隘路になりそうだった恋路は……綺麗に舗装されたアスファルトの道と化した。

あとはまっすぐ進むだけ。そんな百人中百人が完走できそうな楽勝ルートで……私は一歩目で捻挫してしまった、と。

「はあ……」

なんだか自分にがっかりしてしまう。

美羽が言うように、周りが完璧すぎることがプレッシャーになったっていうのもないわけじゃないのかもしれないけど……それにしたって私が悪いわよね。

なにもない道で転ぶほど、恥ずかしいことはないんだから。

「……ああ、そういえば」

ふと——昔のことを思い出す。

転ぶと言えば、捻挫と言えば。

昔、一回だけやっちゃったことがあったな。

大きな怪我(けが)や病気とは無縁の、実に健康的な人生を送ってきた私ではあるけれど、過去に一度だけ、捻挫をしたことがある。

そのとき助けてくれたのも、当然ながら——

♥

今から五年か、六年ぐらい前の話。

時期は正直曖昧だけれど、でも、そのときの彼のことはよく覚えている。

中学に入って段々と背が伸びてきていた頃。

でもまだ、ギリギリ私よりも小さかった頃。

そして。

彼が自分のことを『僕』と呼び、私のことを『綾子(あやこ)ママ』と呼んでいた頃——

「はあ……。やっちゃったなあ」

近所のスーパーからの帰り道、だった。

挽肉（ひきにく）が特売で安かったから今夜はハンバーグよ、とウキウキしたテンションで歩いていたら
——転んだ。

なにもない道で、思い切り転んだ。

いやー……うん。

大人になってから道で転ぶのって、痛みがどうこうよりまず恥ずかしくなってくるわよね。

しかも……なにもない道で理由もなく転んだっていうのが、また恥ずかしい。

運動不足なのかなあ？

最近、全然運動してないからなあ。

「……痛ったぁ」

そばにあったガードレールに手を突きつつ、右足首をさする。

幸いなことにここは人通りのない道で、転んだ瞬間を誰かに見られることはなかった。

人目につく前に急いで立ち去ろうと思ったものの、一歩目を踏み出した瞬間、右足首に激痛が走った。

転ぶときに、思い切りひねってしまったらしい。

……なにもない道なのに。

「折れて……はないわよね、たぶん」

靴と靴下を脱ぐと、足首は少し腫れていた。

そこまで酷い痛みがあるわけじゃない。でも体重をかけると、一気に痛みが強くなる。歩くのはかなりキツそう。

「ど、どうしよう……」

さすがにこのぐらいで救急車を呼ぶのは気が引けるけど、でもこの足で家まで歩いていくのはかなり厳しい。どうすれば……。

私が途方にくれていた――そのときだった。

「綾子ママ……？」

学校帰りのタッくんが、偶然通りかかった。

中学校の学ラン姿で、背中には通学用鞄を背負っている。

片方だけ裸足の私を見て、なにか様子がおかしいと思ったのだろう。タッくんは慌てた様子で駆け寄ってきた。

「どうしたの、綾子ママ？」

「タッくん……えっとね、実は今、転んで足をひねっちゃって」

「えっ……だ、大丈夫なの!?」

「うん。そこまで痛いわけじゃないから。でも……歩くのはちょっと辛くて。たぶん、捻挫だと思うんだけど」

「そんな……」

タッくんは本当に心配そうな顔となってしまう。

それから真剣な顔で少し考え込むと、

「……っ」

数秒で、覚悟を決めた目つきとなる。

背負っていた通学用鞄(かばん)を前に移動させると、私に背を向けてしゃがみ込んだ。

そして迷いない声で言い放つ。

「綾子(あやこ)ママ、乗って！」

「……え、ええ⁉」

仰天する私。

乗れって、つまり――

「僕がおぶって病院まで連れていくよ」

やっぱりそういうことらしかった。

おぶる？　私を？　タッくんが？

いい年こいた大人の女が……中学生男子におんぶしてもらうの？

「い、いいわよ。そんな大した怪我(けが)じゃないから」

「捻挫を甘く見ちゃダメだよ。早く診てもらった方が絶対にいいって」

「……でも、タッくんにそこまでしてもらうのは悪いわよ。それに……その、私、たぶん重いわよ？　最近、ちょっと……うん、ほんとにちょっとだけ、太ったりしたから……」

「僕なら大丈夫だよっ。水泳部で鍛えてるから」

タッくんは譲りそうになかった。

「……えっと。じゃあ、お願いします」

熱意に気圧（けお）される形で、私は彼の申し出を受け入れることにした。

ああ……でも、無性に恥ずかしい。

いくら人気のない道といっても、この年になって外でおんぶしてもらうなんて。

しかも相手は……十以上も年下中学生。

誰かに見られたら、どんな風に思われるんだろう。

改めて――しゃがみ込んだタッくんの背中を見る。

華奢（きゃしゃ）で、細い体。

いくら成長期で背が伸びていると言っても、背はまだ私よりは小さいし……それにたぶん、体重も私より軽そう。

そんな男の子におんぶしてもらうのは、なんだか罪悪感がすごい。

「い、いくわよ」

様々な葛藤を抱きつつ、私は彼の背に体重を預けた。

「……ぐっ」

タッくんは一瞬、苦しそうな呻き声を上げた。

「ほ、ほら、重いでしょ？　無理しないで、下ろしていいから」

「……大丈夫。ちっとも重くない。羽根みたいに軽いよ」

明らかに強がりとわかる台詞を言いながら、タッくんは一歩踏み出す。

一歩、二歩、三歩、と。

最初は少し危なっかしかったけれど、でもペースを摑むと徐々に安定感が出てきて、歩みが力強いものに変わっていく。

「ね？　大丈夫でしょ」

「ほんとだ……すごいわね、タッくん」

軽く感動してしまう。

すごい。

タッくん、いつの間にこんな力持ちになったのかしら。

「じゃあ病院までまっすぐ行くから、しっかり摑まっててね、綾子ママ」

「う、うん、わかった」

頼りになる声に従い、私は彼にしっかりと摑まる。

腕を首に巻きつけ、全身を密着させるようにする。

「──っ」

途端、歩みがまたぎこちなくなった。

「あ、綾子ママ……そこまでしっかり摑まらなくても大丈夫だよ。その……胸とか、当たっちゃうから」

「え……あっ。ご、ごめんっ」

慌てて少し上体を起こす。なにも考えずに密着してしまったせいで、思い切り胸を押しつける形になってしまった。

そうよね。

タッくんはもう、中学生だもんね。思春期のど真ん中。女性のおっぱいとかに興味が出てくる年頃よね。

一緒にお風呂に入ったり、ブラジャーを見せたり、カーテンの中で思い切り抱き締めちゃったりしても全然平気だった頃とは違うのよね！

ああタッくん、耳が真っ赤になっちゃってる……。

うう……どうしよう。タッくんが恥ずかしがってると、こっちまで恥ずかしくなってくる。おんぶのために鷲摑みにされてるお尻のこととかも気になってくる。

タッくん、どんな気持ちで私のお尻に触ってるんだろう？　「綾子ママ、思ったよりケツがでっかいな」とか思われてないといいんだけど……。

「……綾子ママはさ」

沈黙が気まずかったのか、タッくんが口を開く。

「もし僕が通りかからなかったら、どうするつもりだったの？」

「……どうしてたかしら？　頑張って家か病院まで歩いてったかな？」

「ダメだよ、そんなの。困ってたなら僕のこと呼んでくれればよかったのに。この前、携帯の番号交換したでしょ？」

本当に心配そうに言う。

そう。タッくんはもう、自分の携帯電話を持っている。

まだ中学生なのに、とも思うけど、最近じゃ珍しくもない話らしい。

私が子供の頃なんて、どんなにお願いしても高校に入らなきゃ買ってもらえなかったのに。

美羽も今、小学校高学年にしてすでに「欲しい欲しい」騒いでいるけど、中学に入ったら買ってあげないわけにはいかないんだろうなあ。

「えー……でも、こんなことで呼び出したら、タッくん迷惑でしょ？」

「迷惑なんかじゃないよ」

真剣な口調でタッくんは言う。

「綾子ママが困ってたら、僕はどこにだって駆けつけるから」

「ふふっ。ありがと、タッくん。お世辞でも嬉しいわ」

「お、お世辞じゃないよっ。本気だよっ」

ムキになって反論してくる彼は、なんだかとてもかわいらしかった。

声にも顔にも態度にも、まだまだ幼さが残っている。

でも——私をおぶって歩いていく姿は、すごく男らしく感じられる。

さっきは小さく見えた背中が、今は大きく、そして頼もしく見える——

「大(お)っきくなったね、タッくん」

しみじみと私は言った。

初めて会ったときは、女の子みたいにかわいい少年だったのに、いつの間にか私を背負って歩けるぐらい大きく成長していたらしい。

「……当たり前でしょ」

少し照れ臭そうにタッくんは言う。

「僕だって、いつまでも子供のままじゃないんだから」

「ふふ、そうよね」

「もっともっと大きくなるよ。綾子(あやこ)ママの背だって、もうすぐ追い抜くから」

「そっかぁ。じゃあタッくんがもっともっと大きくなって、格好いい大人の男になったら……

私、お嫁さんに立候補しちゃおうかな？」

「えっ！」

軽いノリで言ってみたら、予想以上の反応が返ってきた。

「あはは。もう、タッくんったら。冗談なんだからそんなに驚かないでよ」

「じょ、冗談……」

「本気なわけないじゃない。タッくんだって嫌でしょ？　こんな年上のおばさんがお嫁さんになるなんて」

「……嫌じゃないよ」

タッくんは言った。

静かに、けど揺るぎない声で。

こちらを振り返らずに前を向いたまま、耳を真っ赤にしながら。

「僕は、嫌じゃない」

「タッくん……」

おそらくはただの気遣いで、単なるリップサービスだったんだろう。

そうに決まっている。

私から自虐っぽい言い方をしてしまったから、優しいタッくんはフォローを入れざるを得なかったんだと思う。

でもその声はすごく真剣で、勇気を振り絞って放った覚悟の言葉のようにも感じられてしまって——どきん、と私の胸が高鳴った。

「……っ」

いや。

いやいやいやいやいや！

違う違う、おかしいでしょ！

なによ、どきん、って⁉

なんで私、十以上も年下の男の子にときめいちゃってるのよ！

うう……酷い、酷すぎる。いくら男との出会いが全然ない生活を送っているからって、近所の中学生にドキドキしちゃうなんて。

もう……タッくんのせいよ。

タッくんが全部悪い。

まったく。

まだまだ小さいくせに――なんでこんなに格好いいのよ？

♥

懐かしい思い出に浸っていると、恥ずかしいような幸せなような、なんだかくすぐったい気持ちになった。

「……思えば、あの頃が最後かなあ。タッくんが自分のこと『僕』って言ってたのは。私のこと、『綾子ママ』って言ってくれたのも」

声変わりが始まったのが、あの後すぐぐらいだったと思う。

第二次性徴を迎え、声がグッと低くなったタッくんは、それからすぐに私の身長も追い抜かしてしまった。

そして自分のことを『俺』と呼び、私のことも『綾子さん』と呼んで、敬語で接するようになった。

嬉しいような寂しいような、複雑な気持ちになったことを覚えている。

「今のタッくんなら……おんぶなんて軽々できそうよね」

おんぶどころか、お姫様だっこだって簡単にできるだろう。

ていうか……実際できたし。

本当に大きくなった。

大きくなって、大人になって、格好よくなった——

「……いや」

違う、かな。

格好よくなった——わけじゃない。

タッくんは、小さい頃からずっと格好よかったんだ。

私が困ってたら必ず助けてくれる、王子様みたいな男の子だった。

だから……うん。

ずっと格好よかったけどさらに格好よくなった、と表現すべきね。つまり最強に格好いいのが今のタッくんで……ああ、でも小さかった頃のタッくんもそれはそれですごくかわいくて素敵だった気も――

「――あら、綾子」

一人で悶々としていると、お母さんが二階に上がってきた。

風呂上がりらしく、寝間着姿となっている。

「布団なんか私が敷いたのに」

「このぐらい自分でやるわよ。美羽は？」

「下でお父さんにスマホの使い方教えてるわ」

ジジババあるある。

孫にスマホを教わる、の巻。

私とお母さんは途中になっていた布団敷きを一緒にやっていく。

「鳰崎さん家には、明日顔を出すの？」

「うん。その予定」

鳰崎さんとは、美羽の父方の実家のことだ。

お姉ちゃんが嫁いだ家。

まあ、旦那さんは向こうの三男だったので、特に家に入ったりすることもなかったけど、でも名字は変わった。

だから美羽も、元々は『鳰崎美羽』という名前でこの世に生を受けた。

姉夫婦が亡くなった後、私が養子として引き取る形となったため、その際に名字を私の『歌枕』に変えた感じ。

鳰崎家には、お盆には毎年必ず顔を出すようにしている。

向こうのお爺ちゃんお婆ちゃんも孫の顔は見たいだろうし――それに、お墓参りもしなければならない。

私のお姉ちゃんで、美羽のお母さん――鳰崎美和子は、愛する夫と一緒に鳰崎家のお墓の下で眠っている。

向こうの家に挨拶した後、一緒にお墓参りに行くのが慣例となっている。

「ところで綾子」

布団を敷き終わった後、お母さんが言う。

「やっぱり……彼氏のことは、どうしても教えてくれないの？」

「……し、しつこいなあ」

さっきどうにか誤魔化したと思ってたけど、まだ諦めていなかったらしい。

母親の好奇心、恐るべし。

「しつこいってなによ。娘の彼氏が気になるのは当然でしょ？」

「だから、まだ彼氏じゃないんだってば」

「でも秒読みなんでしょ？」

「それは……とにかく今は内緒っ！　いろいろと落ち着いたらちゃんと話すから、今はなにも聞かないでっ」

強引に会話を打ち切ると、

「やれやれ。なにをそんなに恥ずかしがってるんだか……。お母さんはね、ただ興味本位で聞いてるだけなのよ？　どんな人が相手だろうとあれこれ口を出すつもりはないから」

と呆れ口調で続けた。

「その人は美羽とあなたの関係も知ってるんでしょ？」

「……うん、まあ」

「だったら反対なんてしないわよ。美羽も応援してるみたいだったしね。あなたと美羽がいいと思う人なら、私はなにも言わないわ」

「……えっと」

「お父さんも同じ気持ちだと思うわよ。そりゃ父親だから、娘の結婚に対して複雑な部分はあるんだろうけど……あなたももう、いい年だからね。こんなチャンス二度とないかもしれないし、とやかく言ってくることはないと思うわ。万が一お父さんが反対したとしても、私が絶対に止めるから大丈夫。このチャンス、絶対に逃しちゃダメよ、綾子」

「…………」

予想通りというべきか、完全に結婚前提で話が進んでいる。

そりゃまあ、私の年齢を考えたら『付き合う』＝『結婚』というのを考えるのが普通なのかもしれないけどさ。

でも……相手、まだ大学生なんだよね。

絶対に反対される。

『三十すぎた子持ちの女なんて、もらっていただけるだけ感謝』みたいなテンションのお母さんだろうと……二十歳の大学生、それもお世話になっている家の一人息子ってわかったら、絶対に凄まじい衝撃を受けると思う。

い、言えない……。

少なくとも今のタイミングじゃ絶対に言えない。

「……あなたも、そろそろ自分の幸せを考えていい頃だと思うわ」

一人葛藤していると、お母さんは神妙な声でぽつりと呟いた。

「この十年、美羽ちゃんを——美和子の忘れ形見を、一人で一生懸命育ててきたんだから。我慢しなきゃいけないこと、思うようにいかないこと、たくさんあったと思う。それでもあなたは、懸命に子供を一人育ててきた」

「お母さん……」

「ほんと、我が子ながらたまにとんでもない行動力を発揮するわよね、あなたは。美和子のお葬式で美羽ちゃんを引き取るって言い出したときは、本当に驚いたわ。なにバカなこと言い出すんだこの子は、って思った」

「あはは……」

思い出す。そういえば十年前、私が美羽を引き取ると決めたとき……お母さんはすごく困った顔をしてたっけ。

私が美羽を引き取ることを、お母さんは最初、全力で反対してた。

それが私の人生を思ってのことだってことは十分わかっていた。

でもこっちも意地になって絶対に譲らなかった。

美羽の見てないところで、何度口論したかわからない。

最終的にはお母さんが折れて、段々と応援してくれるようになったけど。

「今だから言うけどね……、もしもあなたが『やっぱり無理だ』って言い出したら、私達夫婦が美羽ちゃんを引き取るつもりだったのよ？　そういう風にお父さんと話し合ってた」

「そうだったの？」

初耳だった。

「だって……絶対に無理だと思ったもの」

深く息を吐き出しながら、お母さんは言う。

「結婚も子育てもしたことない二十歳そこそこの女が、一人で子供を育てていくなんて。一時の感情に振り回されてるだけで、すぐに限界が来ると思ってた。あなたが辛くて弱音を吐いたら……すぐに美羽ちゃんを引き取ろうって、お父さんと話して決めたの。あと一人ぐらいだったら、私とお父さんでどうにか育てられるって思ったから」

「………」

私を信用していなかった――わけではないのだろう。

万が一の事態に備えて、私に逃げ道を用意していてくれた。

それはきっと、両親の私を思う深い愛情に他ならない。

「でも綾子は、この十年、ちゃんと一人で立派に美羽ちゃんを育ててきた。泣き言一つ言わず、母親としての役割を全うしてきた」

お母さんは言う。

まっすぐ私の目を見て、優しく微笑む。

「私もお父さんも、まだまだ娘のことを理解してなかったってことね。あなたの覚悟を侮ってたわ」

「……ううん」

私は小さく首を振る。

「美羽を引き取るとき……確かに覚悟はしたつもりだった。『私が一人で美羽を立派に育ててみせる』って」

この子には私しかいない。

私がなんとかしてみせる。

そんな覚悟を決めたつもりだった。

どこかヒロイズムに酔ったような、実に独りよがりな覚悟を――

「でもさ、そんな覚悟は……間違ってたわ。お母さんの言う通り、一時の感情で舞い上がってるだけだった」

舞い上がっていたし、思い上がっていたんだろう。

今ならわかる。

実際に十年子供を育ててきたからこそ、つくづく思う。

私が最初に決めた覚悟が、いかに愚かしいものだったか。

「だって私――一人じゃなかったもん」

私は言った。

「一人じゃなんにもできなかった。会社の上司や同僚、学校や保育園の先生、ご近所さん、そして、お父さんとお母さん……いろんな人に助けてもらえたおかげで、どうにかこうにか今日までやってこれただけよ」

一人で育ててみせる、なんて。

今になって思い返すと――なんて烏滸がましい考えなんだろう。

思い上がりも甚だしい。

「綾子……」

「それに、お母さんはさっき『そろそろ自分の幸せを』って言ったけど……私、この十年、自分が不幸せだったたって思ったことなんかないわよ。大変なことはたくさんあったけど、全部ひっくるめて幸せだったたって言える」

幸せだった。

本当に、幸せだったと思う。

美羽はとてもいい子で、たくさんのものを私にくれた。

私達母娘を応援し、支えてくれる人達もたくさんいた。

そして。

こんな私に恋をして、十年間も想ってくれる物好きな男の子もいた。

彼はずっと、ひたむきに私に恋をしていて、ずっとずーっと、私のこと支え続けてくれた。

鈍感な私は長らくその真実に気づけなかったけれど――一度、気づいてしまったら、なんだかもう嬉しくて嬉しくてたまらない。

小中高大学……ずっとそばで見続けてきた様々な年齢の彼が、愛おしくて愛おしくてしょうがない。

娘はかわいくて、周囲はいい人で——そして、最高に格好いい王子様みたいな男の子から愛され続けた十年。

これを幸せと呼ばずして、なにを幸せと呼ぼう？

「だから……その人とのことは、これまで我慢してきたご褒美とかそういうのじゃなくて、えっと、なんていうのか……これまでも幸せだったけどさらなる幸せのために一歩踏み出すとか、そういう感じで」

「………」

なんだか最後は上手く言えなかったけれど、お母さんは私の話を黙って聞いていてくれた。

そして小さく息を吐いた後、満足そうに微笑む。

「立派な母親になったわね、綾子」

その言葉に、なんだか照れ臭くなってしまう。

この年になって母親に褒められるのは、なんだか気恥ずかしいものがあった。

翌日——

私と美羽は、鳰崎さんの家に向かった。

向こうの実家も県北にあり、私の実家からそう離れてはいない。

鳰崎家のお爺ちゃんお婆ちゃん——美羽の父方の祖父母に挨拶をした後、四人で一緒にお墓参りへと向かう。

墓地に到着した後は、長い階段を上っていく。

『鳰崎家之墓』

美羽のお父さんとお母さんが——私のお姉ちゃんが眠る場所。

周りの掃除をしたり、新しいお花を用意したり。

線香に火を点けた後、お墓の前に立って手を合わせる。

「…………」

「…………」

特に示し合わせたわけではないのだけれど、私と美羽は例年よりも少しばかり長めに手を合わせていたように思う。

階段から降りていくとき、先を進む二人には聞こえないように小声で、

「美羽は、なにを話したの？」

と私は問うた。

美羽はくすりと笑う。

「たぶん、ママと同じこと」

「……そっか」

私も思わず笑ってしまった。

今は天国にいる、美羽のご両親。

お墓参りに来たときは、毎回美羽のことを報告するようにしていたけれど——今年は少しばかり、私自身の話が多くなってしまったかもしれない。

よし、と。

心の中で気合いを入れる。

タッくんには申し訳ない限りだけれど、このお盆休みで少し気持ちを落ち着かせることができたような気がする。

お姉ちゃん達にも報告できたし、もう迷いも衒いもない。

帰ったら、ちゃんと言おう。

面と向かって、自分の気持ちを伝えよう。

幸せだった十年に一区切りをつけて、そして新しい幸せに向かって、二人で一緒に歩いていこう。

第四章
告白と下着

♥

お盆休みが終わり、翌日の早朝。

「……うう|、あ|……」

私は、なんとも言えない微妙な寝覚めを迎えた。

若干寝不足。

昨日の夜には実家から帰ってきていて、ちゃんと十二時前にはベッドに入ったんだけど……今日のことを考えると緊張でなかなか寝つけなかった。

今日。

私は——タッくんに告白の返事をする。

キスのこと、その後の好き避けのこともちゃんと説明し、想いを全部打ち明ける。

そうしたら——私達は付き合うことになる。

たぶん。

……だ、大丈夫よね？

今度こそちゃんと付き合えるのよね、私達？

タッくん、今になって『やっぱり考えさせて』とか言い出さないわよね？

『年いってるくせに面倒な女はちょっと……』とか思い始めてないわよね？

正直……そう思われてもしょうがないとは思うけど。

そのぐらいの失態はやらかしてるんだけど。

ああ～……大丈夫かなあ、本当に大丈夫かなあ……。

「……だ、大丈夫！　絶対に大丈夫よ！」

必死に自分に言い聞かせて、気合いを入れる。

うんうん、きっと大丈夫。

ていうか……今更後に引けないんだから、もう行くしかない。

「よし」

一人言い訳を済ませた後、部屋を出て朝の活動を開始する。

時刻は午前八時すぎ。

美羽の方はまだ眠っているみたいだから、朝ご飯は後回しでいい。

今のうちに他の家事を済ませてしまおう。

タッくんに会う時間は……実はまだ未定。

今日とは言ってあるんだけど、具体的なことはまだ決めていない。もう少ししたら一度連絡して、時間や場所を決めるようにしよう。

なにがどうなるかわからなくて不安は募るけれど——でも、大丈夫！

念のために手紙も用意してるからね！

帰省中に合間の時間を使ってしたためた、渾身の一筆である。

彼に対する熱い想いが、編集者スキルを存分に活用した詩的かつ知的な文章で綴られている。

いざ本番で緊張でなにも言えなくなったら、とりあえずこの手紙を読んでみよう。

……三十すぎた女が直筆のラブレターを用意しているのは結構キツいのかもしれないけれど、でもしょうがないの！

これはラブレターっていうか、あんちょこだから！

いざってときの保険！

最悪の最悪……結局緊張して好き避けを発動してしまうような大惨事になっても、手紙さえ渡せば私の気持ちは伝わるはず……！

「とりあえず……洗濯ね」

差し迫った状況ではあるけれど、でも、だからと言って家事はお休みできない。

それがシングルマザーというもの。

午前中は、ひとまず溜まってた家事をやらなければ。

まずは洗濯。

帰省中に実家で着ていた服を洗おう。

脱衣所に向かうと、昨日スーツケースから出しておいた洗濯物が大量に溜まっていた。白いものだけ後で洗うように分けて、残りを洗濯機に放り込む。

「……あ、そうだ。これも洗っちゃお」

パジャマの下につけていたナイトブラを外す。夏場は寝てても汗をかくから、ナイトブラも頻繁に洗わなくちゃいけないのよね。

下着はきちんと専用ネットに入れ、洗濯機のスイッチオン。

「次は、一度家の掃除を――って違うっ！」

半分寝ぼけたような頭のまま、のんびりと次の家事に移ろうとしたところで、重大なことに気づいた。

「今日、燃えるゴミの日だわ！」

すっかり忘れてた！

お盆休み明けで普段と曜日が変わるパターンだった！

まずい……今日は絶対に出さないといけないのよ。お盆休み前にうっかり出し忘れたゴミが今も外の物置に放置してあるんだから……！

わああっ、大変！

もう回収車が来る時間っ！

私は急いでパジャマから着替え、大慌てで玄関から飛び出す。物置にあったゴミ袋を摑み、ゴミ捨て場に向かって猛然とダッシュした。

幸い、ギリギリで間に合った。

ゴミ袋を出した直後に、収集車がやってきた感じ。

「はあ……よかった」

ホッと安堵の息を吐きながら、家へと戻る。

危ない危ない、ギリギリセーフ。

ゴミ収集車の人とも顔合わせずに済んでよかった。

だって、今、私——

「………」

ちらり、と胸元に視線を落とす。

そこには——ぶるんぶるん、と歩みに合わせて揺れる乳房があった。

普段より数割増しで、大きく揺れているように見える。

まるで、己を守るための重苦しい鎧から解き放たれたかのように——ていうか、ブラジャーから解き放たれたかのように。

「——っ」

やってしまった。

ノーブラでゴミを捨てに行ってしまった……。ナイトブラを取った後、慌てて着替えて飛び出したから、ブラジャーをつけるの忘れてた。

途中で気づいたけど……戻る時間がなくてそのまま行っちゃった。

うわあ、なんか凄(すさ)まじい罪悪感。

ノーブラでゴミ出しに行っちゃうって……なにこの、女を捨ててる感じ？

しかも今、私が着ているのは薄手の白い服一枚。ブラジャーというガードがないせいで、ちょっと凝視すれば大事なところが透けて見えてしまいそう。

ああもうっ、早く家に戻(もど)ろっ。

こんなところ誰かに見られたら、もうご近所を歩けな——

「綾子(あやこ)さん……」

「〜〜〜〜っ⁉」

ばったり、と。

またも偶然、家の前でタッくんと出くわしてしまった。

なぜなら、私達(わたしたち)はご近所だから。

すぐ隣に住んでいるから。

そのことをうっかり失念していた。後で連絡をして午後に会うようにしようと勝手に決めていたけれど……でも、だからってそれまでに出会わない保証はなにもないんだった。

タッくんの格好は、上はTシャツで下はハーフパンツとレギンス。足下は今時っぽい蛍光色のスニーカー。ランニングをするスタイルだった。

中高と水泳部で、今も運動サークルに入ってるタッくんは、たまにこの辺を走ったりしている。汗はかいてないようだから、まだ走り始めたばかりだったのだろう。

「お、おはようございます。久しぶりですね」

ぎこちない笑顔を浮かべて、タッくんは挨拶をしてくれる。

気まずいだろうに、いろいろと思ってることはあるだろうに、それでも私のことを思いやり、できるだけ普通に接しようとしてくれる。

それなのに、私は——

「〰〰〰〰っ」

なにも言えないまま、バッと勢いよく彼に背中を向けた。

両手で必死に胸を隠しながら。

「え……なっ」

「ご、ごめん、タッくん……今は、今は無理なのぉ……！」

泣き言みたいに叫んでから、慌ててその場を駆け出す。

ああもう、なんでなんで……⁉

どうしてこんなに間が悪いの⁉

また、タッくんを避けてしまった。

お盆休み前と同じことを繰り返してしまった。

違うのに！

好き避けはもう絶対にしないって決めてたのに。このお盆休みの間にきちんと自分と向き合って、しっかり覚悟はしてきた。仮にばったり出くわしたところで、動揺して逃げるような貧弱なメンタルは捨ててきた。

でも。

でも、さすがに……ノーブラで会う覚悟まではしていない！

無理無理、絶対無理……面と向かって話してたら絶対にバレちゃう。

バレたらタッくんに失望される。『あっ……。この人、ノーブラでゴミ捨てに行っちゃうタイプの女なんだ……』って思われる！

だから——今は逃げるしかない。

ごめん、ごめん、タッくん、本当にごめん……！

これは好き避けじゃないの！

逃げてるわけでもないの！

女としての尊厳を守るための戦略的撤退なの！

大事な話は……あとでちゃんと、心とブラジャーの準備を済ませてからするから！

「……はあ、はあ」

駆け足で家の玄関まで戻った私は、立ち止まって息を整える。

激しい罪悪感に苛まれつつ、とにかく一刻も早くブラジャーをつけようと心に決めてドアノブに手を伸ばした——その瞬間だった。

ギュッ、と。

背後から——抱き締められた。

突然のことに、心臓が大きく跳ね上がる。

「逃げないでくださいよ、綾子さん」

「タ——タッくん……」

耳元で囁かれる、聞き慣れた声。

少し遅れてようやく状況を理解する。

私を追いかけてきたタッくんが、背後から私を抱き締めている。

あすなろ抱き。

いつかの夢で見た、昭和生まれがバレてしまう妄想。

それが今、現実のものとなっていた。

「さすがにもう……限界ですって。これ以上は、耐えられない」

囁かれる声は、焦りと緊張で震えている。

それなのに——なんだか凄まじい熱があった。

どれだけ理性で抑えつけても抑えきれない、どうしようもない欲求が漏れ出してしまったような、そんな酷く切羽詰まった声。

「俺が……どれだけヤキモキしたかわかってますか？　いきなりキスされて、その後もお預け食らってて……やっと今日答えが聞けると思ったら……また逃げられて」

「ち、違っ――」

今日のは違うの！

お盆前の好き避けとは違うの！

タッくんと向き合う覚悟をちゃんと決めてきたの！

でも……今私のノーブラなのよ！

ノーブラで向き合う覚悟はさすがに決めてなかったの！

そんな風に言い訳したかったけれど、しかしできるはずもなく――それどころか、タッくんは私の言葉を遮り、さらに強く抱き締めてきた。

「もう俺、我慢できないです……！」

彼は言う。

本当に本当に、我慢の限界を迎えたような声で。

「好きです、綾子さん」

溶けるかと思った。

息遣いが聞こえるほどの距離で囁かれた、好きな人からの愛の言葉。それは毒よりも強く蜂蜜よりも甘く、私の心と頭をドロドロにする。

「好きです……本当に、本当に、大好きです、綾子さん」

まるで堰を切ったように、愛の言葉が繰り返される。

今までずっと抑えつけていた想いが、溢れ出しているようだった。

「十年前からずっと、あなたのことが大好きです。十歳の頃から、ずっとあなたのことを見て、ずっとあなたのことを想ってました」

思い出す。

これまでの十年の日々を。

彼のことを男としてなんてまるで意識してなかった日々を。

「五月に告白したときから、その気持ちは全く変わってません——いや。告白したときより、今の方がずっと……好きになってます」

熱く激しい言葉が、止まらない。

「俺が告白してからの綾子さんは……すごく困ってて動揺してて、いい大人なのに少女みたいに狼狽えてて……そんな姿がかわいくて魅力的でした。今まで知らなかった新しい綾子さんをたくさん見ることができて、ますます好きになりました」

思い出す。

告白されてから今日までの日々を。

彼のことを男として意識し始めてからの日々を。

「本当に、もう……我慢できないぐらい、大好きです。誰にも渡したくない。あなたと一緒に、これからずっと生きていきたい」

剝き出しの言葉。

飾らない本気の言葉。

抱き締める力が——一層強くなる。

「綾子さん……この前、なんでキスしたんですか？」

「……っ。それ、は……」

言い淀む私に、タッくんは切なそうな声で続ける。

「キスされてから……ずっと考えてます。綾子さんはどういうつもりだったんだろうって……。いろんなパターン考えて、あれこれ妄想して」

「…………」

「でも結局、一つの答えにしか辿り着かないんですよ。願望なのかもしれない、自惚れなのかもしれない……でも、そうだとしか思えない」

その声は酷く震えていて、今にも泣き出しそうな声にも聞こえた。

でも、悲痛さはない。

むしろ逆に——どこか希望に満ちた声だった。

「綾子さんは……俺が知ってる綾子さんは、好きでもない男にキスするような女じゃない」

「………っ」

「だから、だから……」

タッくんは言う。

張り裂けそうな声で、叫ぶように訴えるように——言う。

「綾子さんも、俺のことが好きなんですよね？」

言いようのない感情が、胸から溢れて全身を伝播した。

激しい雷に打たれたような、それでいて甘く優しく全身が痺れていくような。

体中が熱くなり、抑えきれない想いが溢れ出る。

「……うんっ」

気づけば私は、強く頷いていた。

強く強く、彼の言葉を肯定した。

「好きっ……タッくん、大好きっ」

私は——言った。

やっと、やっと言えた。

心の中では決まっていた結論を、やっと口にすることができた。

申し訳ないぐらいに私を愛してくれる彼に、ようやく少しだけ、お返しすることができたのかもしれない。

「私、タッくんのこと、好きになっちゃった……いつからかは……よくわかんないの……わかんないけど、好き……今、すごく好き」

抑えきれない感情が暴風雨となって暴れ狂うけれど、喉で詰まって上手く言語化することができない。

それでも溢れ続ける想いが、たどたどしい言葉となって漏れ出していく。

「告白されてから、タッくんのことばかり考えるようになった……毎日毎日、タッくんのことで頭がいっぱいだった。タッくんが……格好いいことばっかりしてくるから、どんどん意識するようになった……」

もう自分がなにを言ってるのかわからない。

本能のままに、感情のままに、叫んでいるだけ。

「この前の旅行の後、美羽といろいろ話して……それでようやく、自分の気持ちに気づいたの。私はタッくんのことが好きだ、って。ご近所さんとしてでもなく、弟や息子みたいな存在としてでもなく――一人の男として好きなんだって」

　せっかく書いた手紙は持ってきてない。

　書いた内容も今は全く思い出せない。

　詩的でもなければ知的でもなく、編集者スキルの欠片もないような、剝き出しの飾らない言葉だけが飛び出していく。

「気づいたら……なんだかずっと昔から、好きだったように思えてくる。タッくんと過ごしてきた十年全部が……愛おしくて愛おしくてしょうがないの……！　一目惚れだったかもしれないとか、出会えたことが全部運命だったかもしれないとか……そんな風に考えちゃうぐらい、舞い上がってるの……！」

　私は言う。

　抱き締めてくれる彼の手に、そっと手を添えながら。

「好き……タッくんのこと、大好き」

「綾子さん……！」

　腕に込められる力が一層強くなる。

　熱く激しい抱擁が、優しく私を包み込む。ずっとこのまま彼の腕の中にいたい気持ちもあったけれど――私はゆっくり、彼の腕を解いていく。

　身を翻し、ようやく相手と向き合う。

改めてタッくんを見つめると、彼は半分泣いているような顔をしていた。目尻には涙が浮かんでいて、凜々しさも余裕もない、すごく切ない顔つき。

でも、たぶん私の方が酷い顔をしているだろう。

目からはもう、ボロボロと涙が溢れていた。

悲しくなんかないのに、感情が高ぶりすぎて涙が止まらなかった。

「タッくん……」

相手の目を見て、私は言う。

「私もタッくんが好き。だから……できるなら、お付き合いしたい」

でも、と。

私は言う。

言ってしまう。

「本当に——本当に私でいいの？」

最後の最後で、どうしても問うてしまう。

「私……タッくんより十歳以上も年上よ？」

「……なにを今更」

「ギリギリで、ほんとにギリギリで……昭和生まれなのよ？」

「知ってますって」

「娘だっているし」

「それも知ってます。十年前から知ってます」

「ほんと、全然、大した女じゃないのよ、私……。鈍感だし、抜けてるとこ多いし、テンパるとなにするかわかんないし、家事だって手抜きするときはがっつり手抜きしてサボっちゃうし……それに、最近ちょっと太ってきたし。ていうか、『最近ちょっと太ってきた』ってこの十年ずっと言ってる気がする……」

「…………」

「こんな私で、本当にいいの？」

「はい」

タッくんは、一秒の迷いもなく頷いた。

「そんなあなたが、俺は大好きです」

これまでもずっと。

これからもずっと。

と。

彼は優しく微笑んで言った。

「……タッくんっ」

こみ上げる感情に突き動かされ、私は彼に抱きついた。

あすなろ抱きではなく、今度は正面から。

「ごめんね……たくさん待たせちゃって、本当にごめん」

「いいんですよ、そんなこと」

私の抱擁に、タッくんも応じてくれる。

互いの想いを確認し合った私達は、強く強く抱き締めあった。

果てしない幸福が、私達を包み込んでいく。

ああ――

嬉しい。

なにもかもが満たされて、森羅万象の全てに祝福されているみたい。

こんなにも幸せなことがこの世界にあっていいのだろうか。

「嬉しい……すげえ、嬉しいです。ほんと……夢みたいです。綾子さんと、付き合えるなんて
――え？」

夢見心地な気分を、現実に引き戻すような低い驚きの声。

タッくんは突如、跳ねるように私から離れた。

「え？　え……？」

驚愕と困惑の表情で、まじまじと私を見つめる。

具体的には――私の胸元辺りを。

「あ、綾子さん……なんで、ブ、ブラジャーしてないんですか？」

「へ……～～～っ⁉」

一瞬、なにを言われたかわからなかったけれど——すぐに理解し、大慌てで両胸を隠すようにした。

し、しまったぁ～～っ！

完っ全に忘れてた！

雰囲気に飲まれて思い切り失念してた！

私、今ノーブラだった！

感動の告白シーンの間、ずっとノーブラだった！

「……ち、違うの！　これは違うのよ！」

うわあ……うわあああ、最悪。

まさかタッくんにバレちゃうなんて。

浮かれて正面からハグしたせいだ。

そりゃ気づくわよね。

お互い薄着なのに、しっかり抱きついちゃったし。

ギュッとしすぎて胸押しつけちゃってたし。

「その、ね……今、ちょうどゴミ出しに行った帰りで……ふ、普段はノーブラでなんか出歩かないのよ⁉　でも今日は寝坊して、慌ててたからついうっかり忘れちゃっただけで……」

「そうだったんですね……あっ。じゃあ……さっき、俺を見た瞬間に逃げたのって……」

「……そ、そうよ！　ノーブラだから逃げたの！　タッくんに気づかれたくなかったの！　それなのに、それなのに……タッくん、追いかけてきちゃうんだもん」

「す、すみません、俺、てっきり、また避けられたと思って」

「うう……違うわよ。今日は避けたりしないで、ちゃんと私から告白の返事をしようと思ってたの……その予定だったのに」

あまりにも、あまりにも全てが想定外すぎる感じだった。

どうしてこうなったのか。

さっきの感動の涙とは、別な涙が出てきてしまいそう。

「ううう……なんでこんなことに。せっかくタッくんと付き合えた日なのに、実は私ずっとノーブラだったたって……！　これ、たぶん一生覚えてるやつよね？　これから記念日を迎えるたびに思い出して悶絶(もんぜつ)すると思う……！」

「……そ、そんな記念日をこれから何度も一緒に祝っていきましょう」

「う、うん……」

タッくんがぎこちないながらも優しく微笑(ほほえ)んでフォローをしてくれたので、私もどうにかこうにか頷(うなず)いた。

私、歌枕綾子、三ピー歳。

姉夫婦の子供を引き取って早十年。

生まれて初めて、彼氏ができました。

付き合うまでにかなりグダグダしてしまい、そして付き合う瞬間も、最後の最後で思い切りグダグダしてしまった。

でもなんだか、この締まらない感じが私らしいのかと、そんな風にポジティブに考えてみたくなった。

　その日の夜——

『ははは、そうかそうか。ようやく付き合うことになったか』

電話で交際の報告をすると、狼森さんは満足そうに笑った。

『いやー……なんていうのか、長かったね。部外者の私がこう感じるぐらいだから、左沢くんの方はかなりヤキモキしてたことだと思うよ』

「それに関しては……か、返す言葉もございません」

『とりあえずおめでとう。心から祝福するよ』

「ありがとうございます。狼森さんには、本当にお世話になりました」

『私はなにもしていないよ。ただきみをからかって遊んでただけさ』

格好いいことを言ってくれる。

まあ……格好つけてるわけじゃなくて、本当にただからかって遊んでた可能性もなくはないような気もするけれど。

『歌枕くん』

少し声のトーンを落とし、改まった口調で言う。

『様々な障害を乗り越えて付き合うことができて、今は大層舞い上がっていると思うけれど……大変なのはこれからだよ?』

「……わかってます」

重々しく、私は頷いた。

わかってる。

大変なのは、きっとこれから。

これが昔話だったなら——王子様とお姫様が結ばれたら、そこで物語はハッピーエンドで終わるんだろう。

そして二人はいつまでも幸せに暮らしました、みたいな締めの文句で。

でも——これは現実。

二人が結ばれたところで、物語は終わらない。

ずっとずっと続いていく。

愛を誓い合った同年代のカップルや夫婦だって、みんながみんな、いつまでも幸福なままでいられるわけじゃない。

別れるときは別れる。

離婚するときは離婚する。

まして私達は——十歳以上の年の差カップル。

これから先、なんのトラブルもなく順風満帆……なんてことは、まずありえないのだろう。

『現実の恋愛なんて、付き合ってからの方が長いんだ。二人の間に起こる揉め事やアクシデントは、付き合う前の比じゃない。三回も離婚した女が言うと説得力が違うだろう？』

「あはは……」

笑えない自虐だったけど、愛想笑いで誤魔化すしかなかった。

『……いや、すまないね。別に、めでたい気分に水を差したいわけでも釘を刺したいわけでもないんだよ。ただ——他ならぬ私自身が、きみ達の次の障害になってしまいそうなものでね』

「え……」

次の障害？

狼森さんが？

『まったく、どうして今になってしまったんだか……。狙ってたわけじゃないんだけど、なんとも間の悪いタイミングになってしまったよ』

混乱する私を無視して一人申し訳なさそうに呟いた後、

『歌枕くん』

と狼森さんは言う。

ふざけた様子など一切ない、極めて真剣な声で。

『来月から――東京で仕事をしてみないかい？』

第五章
単身と赴任

♥

タッくんと交際することが決まった、次の日。

その日は、なんだか朝からボーッとしていた。

学生の美羽はまだ夏休みだけど、主婦であり社会人でもある私はお盆休みが終わったら通常営業に戻らなければならない。

それなのに……目覚ましをかけることもなくダラダラ起きてきた美羽と、同じようなタイミングで起きてしまった。

朝食を作る気分にもなれなくて、一緒にシリアルを食べる。

「……どうしたのママ？　ボーッとしちゃって」

テーブルの向かいに座った美羽が、怪訝そうな顔で問うてくる。

一緒に食べ始めたはずなのに、気づけば美羽の方はもう食べ終わっていた。

私の方のシリアルは、まだ半分も残ってる。

早く食べないと、ふやけて美味しくなくなりそう。

「……ボーッとしてるかしら？」

「してる。かなりしてる」

「あー……そうよね。うん、してる、わよね」

「なんでそんな覇気がないかなー？　タク兄とようやく正式に付き合えるようになったっていうのに」

「…………」

「ママが浮かれてたら動画でも撮ってタク兄に送りつけてやろうかと思ってたのに、こんなローテンションじゃこっちが調子狂うよ」

「…………」

「まあ、大体想像つくけどさ」

やれやれといった口調で、美羽は言う。

「東京に行くこと、考えてるんでしょ？」

「……うん」

私は力なく頷いた。

美羽とは昨晩のうちに、ある程度の話は済ませていた。

昨日の、狼森さんとの電話――

「私が……東京に？」

『ああ』

重々しい口調で言う狼森（おいのもり）さん。

決して冗談で言っていることではないらしい。

『以前から考えてたことではあったんだよ。「きみおさ」のアニメ化が決定したときからね』

きみおさ。

きみの幼馴染（おさななじ）みになりたい。

アニメ化が決定している、私の担当作。

『歌枕（かつらぎ）くんも知っての通り――ライトノベルがアニメ化するとなれば、原作に関わる全ての者に大量の仕事が舞い込む。原作者、イラストレーター……そして、担当編集』

「…………」

それは――知っている。

担当作がアニメ化する際、担当編集は信じられないぐらい仕事が増える。

一言では説明できないぐらいの、多種多様な仕事が舞い込む。

元より担当編集というものは、作品作りに協力する編集業以外にも、作者と外部を繋（つな）ぐ仲介屋としての役割も担（にな）っている。

作品がメディアミックスするとなれば、外部企業とのやり取りは必ず編集者が入ることとなる。

アニメ化の場合……とにかくその量が膨大になるのだ。

時に仲介屋として、時に緩衝材として、編集者は両者の間を取り持たなければならない。

メールや電話でのやり取り以外にも、脚本会議や音声収録、リアルイベント、そして生放送など、様々な現場に担当編集が立ち会うことが通例となっている。

関東在住でなければ、とてもこなせない仕事量――

『もちろん歌枕くんの事情はわかっている。だから最初は、歌枕くんには原作の方に集中してもらって、アニメ関係のことは他の者に任せようと思っていた』

「…………」

『元より私は、担当編集一人に負担が集中する従来のシステムには懐疑的だった。担当作がアニメ化したせいで激務に追われ、体を壊して倒れる編集者なんてザラにいる。編集者が何日家に帰ってないかで競い合うような業界を、もっと健全でクリーンなものに変えていきたいと常々思っている』

「…………」

『「きみおさ」のアニメ化でも、歌枕くんの負担はできる限り軽減させた方がいいと思っていた。東北でのきみの生活を――美羽ちゃんとの生活を第一に考え、無理はさせないことが一番いいと思った。でも……それが本当にきみのためなのかと、少し考えてしまってね』

「私のため……」

『歌枕くん、「きみおさ」のアニメ、担当編集として――全力で関わってみたいとは思わないかい？』

狼森さんは言った。

『言うまでもないことだが……「きみおさ」について一番詳しく、一番思い入れがある人間は、作者の白土先生を除けば間違いなくきみだろう。デビューから一緒にやってきた白土先生と、一から立ち上げ、そしてアニメ化まで持っていった作品なんだから』

「…………」

『もちろん歌枕くんなしでも、アニメ周りの仕事は十分にやっていけると思うし、それだけの準備はしている。ただ……他でもないきみ自身が、心のどこかにやりたい気持ちを残しているんじゃないかと思ってね』

やりたい気持ち。

自分が一から立ち上げた担当作のアニメ化に、立ち会いたい気持ち。

『歌枕くんがアニメ周りにもがっつり関わってくれるのであれば、こちらとしてはありがたい限りだよ。心強いことこの上ない。白土先生も口には出さないけれど……きっと心の中では、きみに任せたいと思ってるんじゃないかな。我が子のように大事な作品の、アニメ化という一大メディアミックス……信頼している歌枕くんに任せたいと思うのが、自然な感情だろう』

「…………」

そう……なのかもしれない。

白土先生は常識的で温厚な人だから口には出さないけれど——本当は、アニメ周りの仕事も私に任せたいと、そう考えているのかもしれない。

なにより、私自身その心苦しさは感じていた。

ずっと一緒にやってきた作品なのに、アニメ化という大事な一大イベントを人任せにしてしまう。そのことを申し訳なく思う気持ちはあった。

「……で、でも狼森さん」

私は問う。

突然のことでまだ混乱しているけれど、それでも反射的に問う。

「アニメに全力で関わるということは、つまり——」

『ああ、こちらに引っ越して来ないか、という意味だよ』

狼森さんは言った。

『もちろん、永住しろという話じゃないよ。まあ私としては永住でも全然構わないけど、そう簡単に決められることではないだろう。だからとりあえず——三ヶ月と期間を決めてみるのはどうだろう？』

「三ヶ月……」

『住むところは会社で用意する。家賃もいらない。きみさえよければ、三ヶ月だけ東京に住み、アニメ周りの仕事を全力でやってもらいたい』

「………」

『ああ、すまないね。まくしたてるように語ってしまって』

少し声を柔らかくして、狼森さんは続ける。

『急にこんなことを言われても、困惑して当然だろう。連絡が遅くなってしまって悪かったよ。誘ってみてダメだったじゃ失礼だから、こちらの準備が整うまで話は出さないようにしていたんだ』

「………」

『歌枕くん、これは別に業務命令というわけじゃない。単なる提案でしかないし、もっと言えば無理を承知でお願いしているだけだ。嫌なら断ってもらって構わない』

言葉を失ってしまった私に、滔々と言い聞かせるように狼森さんは言う。

『よく考えてから決断してほしい。美羽ちゃんのこと、そして——新しくできた恋人のこと。きみの人生にとって今、なにが一番重要なのかは、最終的にはきみ自身にしか判断できないことなんだから』

「行くなら来月頭……つまり、もう来週には行かなきゃなんだっけ?」

「……うん」

美羽の言葉に頷く。

「来月頭から本読み……えっと、アニメスタッフとのシナリオ会議みたいなものが始まるからね。参加するなら、最初からきちんと参加した方がいいから」

漫画やライトノベルがアニメ化するとき、編集者が原作者の人に向けて言うアドバイス……というかお願いごとの一つに——

『アニメへの関与は、0か100にしましょう』

というものがある。

要するに、関わるなら全力で関わった方がいい、関わらないなら一切関わらない方がいい、ということだ。

0を選んだなら、アニメには一切口出ししない。

聞かれた質問にだけ答え、頼まれた仕事だけをこなし、脚本にも声優オーディションにも一切関わらず、アニメスタッフを信じて任せ、自分は一番大事な原作の仕事に注力する。

100を選んだなら、全力で関わる。

毎週のように行われる会議に全て参加し、声優のオーディションや収録にも立ち会う。アイディアがあるならどんどん出して、アニメスタッフと喧々諤々と話し合いながらアニメ成功のために死力を尽くしつつ、もちろん原作の仕事もサボらずにやる。

０か１００、このどちらかが望ましいとされる。

中途半端に関わることが一番よくない。

そしてそれは——原作者だけではなく、編集者も同じである。

原作者の担当編集としてアニメに関わるということは、アニメ制作の中枢を担うということと同義。

やらないなら一切関わらない方がいいし、やるなら徹底して関わった方がいい。

「ふーん。でもまた、ずいぶんと急な話だよねー。普通の会社だったらありえないでしょ？

転勤の話が一週間前って」

「この業界は普通じゃないからね」

皮肉っぽく返す私。

まあ、さすがに急すぎるとは私も思うけど。

だからこそ、狼森さんの言うように、命令ではなく提案なのだ。

決定権は私にある。

断ったところで、なにかペナルティを受けることもなければ、今後の昇給や昇進に関係してくることもないのだろう。

むしろ——ありがたい話だと思う。

私は、チャンスをもらえたのだ。

地方在住のリモートワークという大変面倒な働き方をしている私に、狼森さんが一つの選択肢を与えてくれた。

担当作のアニメ化に、しっかりと関わるという選択肢を。

住むところまで用意してもらえるなんて、至れり尽くせりもいいところ。

「ママ」

考え込む私に、美羽は淡々と言う。

「昨日も言ったけど、私のことなら気にしなくていいからね」

「…………」

「三ヶ月ぐらいなら、余裕で一人で暮らしていけるから」

「……そうはいかないでしょ。あなた一人を残して単身赴任するのは、やっぱり心配よ」

美羽が中学に入ってからは、仕事で家を空けたことは何度かある。

それでも最長で二泊三日ぐらい。

三ヶ月も家を空けるのは、当然ながらこれが初めて。

「大丈夫だってば。だいたい、遠くに行くって言っても東京でしょ？　その気になれば新幹線で二時間で着く距離だよ」

「それは……」

まあ、そうなんだけど。

海外に単身赴任ってわけでもないから、簡単に帰ってこられるのよね。

頑張れば毎週末帰ってくることも可能だと思われる。

新幹線代はたぶん経費で出してもらえるだろうし。

「私ももう高校生なんだから、一人暮らしぐらい余裕、余裕」

「高校生で一人暮らしはまだ早いわよ」

「えー？　別に普通じゃない？　ママが編集してる本とか、一人暮らししてる高校生がたくさん出てくるじゃん」

「フィ、フィクションと現実を一緒にしちゃいけません！」

まあ……確かにたくさん出てくるけど！

漫画とかラノベの高校生は、一人暮らししてる確率が高い。

理由は作品ごとにいろいろあると思うけれど……まあ単純に、イベントが起こしやすいってのが大きいだろう。

親がいるといろいろと大変だからね。

でも。

まさか自分が、親の立場でこのシチュエーションを検討することになるなんて。

うわあああ……、心配っ！

高校生の子供一人残して仕事で遠くに行くこと、すっごく心配！

編集者として作品に携わってるときは軽い気持ちで『親は海外に出張してるパターンでいいんじゃないでしょうか？　その方がなにかと自由にできますし』とか提案してたのに……いざ自分がやる側になったら、子供が心配で気が気じゃない！

ああ……ごめんなさい。

私が担当した数々の作品、その主人公やヒロインのご両親……軽い気持ちで海外送りにしてごめんなさい。

今後はしっかりと考えて、考えて考えて、断腸の思いで……やっぱり海外に行かせると思います。

「……単身赴任することになったら、お婆ちゃんにこっちに来てもらえないか頼んでみるわ」

三ヶ月ずっとこの家に住む――とかはさすがに無理だろうけれど、定期的に美羽の様子を見に来てもらうことぐらいはお願いできると思う。

「信用ないなあ……。まあいいけど。お婆ちゃんとの二人暮らしも、楽しそうだし」

「……信用はしてるわよ」

私は言った。

「心配する気持ちはあるけど……美羽なら三ヶ月ぐらい、一人でちゃんと暮らしていけるだろうなっても思ってる」

うちの子はこう見えて、意外としっかりしている。

普段は面倒臭がってやらないけれど、家事炊事は基本的に一人で全部できる。私が仕事で家を空けたときなどは、きちんと自炊してご飯を食べ、洗濯や家の掃除もやり、シャツには自分でアイロンをかけて学校に通っていた。

宿題とかもギリギリまで手をつけずに溜め込むタイプだけれど、なんだかんだ期限までには間に合わせてしまう要領の良さを持っている。

しっかりしてるというか、ちゃっかりしてるというか。

私も定期的に帰ってくるようにするし、お母さんもこっちに来てフォローしてくれるのであれば、三ヶ月程度なら大丈夫なんじゃなかろうか。

「ふうん？　じゃあ、ママはなにを悩んでるの？」

「…………」

「やりたい仕事ができるせっかくのチャンスなんでしょ？　しかも住むところまで用意してもらえるなんて、超VIP待遇じゃん。私に遠慮してるんじゃなかったら、なにを──」

言葉の途中、美羽はなにかを察したような顔となる。

「あー、はいはい、なるほど。そうですよねそうですよね。ママには今、大事な大事な彼氏がいるんでしたよね」

「……っ」

呆れたように言われ、ぎくりと身を竦ませる。

「あーあ。なんかショックだなあ。ていうか自意識過剰で恥ずかしー。てっきりママは私のこと過保護に心配してるのかと思ってたけど、できたばかりの彼ピッピのことで頭がいっぱいだったわけね。娘なんかどーぅでもよかったわけですね」

「ち、違うわよ……美羽のこともちゃんと考えてるわよ！　ただ……その、タ、タッくんとのことも、いろいろ心配になっちゃって」

段々と声は小さくなっていった。

美羽は小さく溜息を吐く。

「ほんと、間が悪いよねー。やっとこさ付き合えたと思ったら、今度はいきなり遠距離恋愛だなんてさ。相変わらずママは、持ってるんだか持ってないんだか」

「うう……」

そう。

もしも私が東京で働くことになれば――私とタッくんは付き合った直後から遠距離恋愛をすることになってしまう。

まあ三ヶ月という短い期間なのだけれど……でも、よりにもよってこんなタイミングじゃなくてもいいでしょ、と思う。

付き合った直後って！

なんていうか……今が一番楽しい時期じゃないの⁉

経験ないから知らないけど！

ああ……向こうは、どう思うんだろう？

さんざんグダグダして交際するまでに時間のかかった女が、ようやく付き合えたと思ったら、今度は仕事で東京に行くから遠距離恋愛、だなんて。

「タク兄（にい）には言ったの？」

「……まだ」

「早めに言った方がいいよ。こういうのはちゃんと旦那と相談しないとね」

「だ、旦那じゃない！　彼氏、まだ彼氏！」

一度突っ込んでから、

「……わかってるわよ」

と頷（うなず）いた。

「今日のうちに相談してみる」

早い方がいいだろう。

もしも東京に行くことになるなら、今すぐにでも準備を始めなきゃならないし……なにより私のことだから、一度引き延ばしたらエンドレスで引き延ばし続けてしまいそう。

決めた。

絶対に今日、話をしよう。

となれば覚悟が鈍らないうちにアポイントを取って——と考えたときだった。

テーブルに置いてあったスマホが震える。

相手は——今まさに連絡をしようとしていた相手だった。

「タッくんだ」

「ふうん？　なんかタイムリーだね。なんて？」

「えっと……」

私はメッセージを読む。

「今日、会えないかって」

朝の挨拶から始まったメッセージは、要約するとそんな感じ。

もし時間が合えばどこかのタイミングで会いたい、と。

ふむ。

ずいぶんと急だけど、なにかあったのかしら？

とりあえず返信。

『大丈夫だけど、どうかしたの？』

するとタッくんからすぐに返信。

『いえ、特に用事はないんですけど』

「……え？　どういうこと？　会いたいのに、特に用事はないの？」

なにかの謎解きかしら？

不思議に思っていると、

「いや……わかるでしょ」

美羽は呆れたような照れたような顔になっていた。

「会いたいんだよ」

「……え？　いや、会いたいのはわかったけど、その目的がなんなのか……」

「だから、ママに会うのが目的なんだって」

ふむ？

会うのが目的？

ということはつまり、会いたいから会いに来るってことで――

「――ってええっ⁉　じゃ、じゃあタッくんは……ただ私に会いたいってこと⁉」

「そうでしょ」

「なんの用事もないのに、ただ会いに来るなんて……それじゃまるで、私のことが大好きみたいじゃない！」

「大好きなんでしょ」

「会いたくて会いたくてしょうがないみたいじゃない！」

「会いたくて会いたくてしょうがないんでしょ」

テンパる私とは対照的に、美羽の態度はどこまでも冷ややかだった。

「今までのタク兄は、ママに会いたいときはなにかしら理由や言い訳を考えてたけどさ……もう遠慮することないもんね。だってもう、カップルになっちゃったわけだし。会うのに理由なんていらないもん」

そ、そういうものなの？

カップルって、会いたいときに用事もなく会いにいっていいの？

なにそれ、すごい。

やりたい放題じゃない。

じゃあまさか……こ、声が聞きたいって理由だけで電話とかしちゃってもいいのかしら？

そんな大胆なことしちゃってもいいの？

「はぁーあ、なんだかなあ。私も一応、ママとタク兄の恋は応援してた側だけどさあ。いざこういう、付き合い立ての初々しさみたいなものを見せつけられると……気まずいにもほどがあるよね」

なんとも言えない複雑な表情となる美羽。

「私はこれからずっと、二人のイチャイチャやラブラブを至近距離で見せられ続けるのか。キッツいなあ」

「キ、キツいとか言わないでよ……」

しょうがないでしょ、生まれて初めての彼氏なんだから。

タッくんもそうらしいから……お互いに初彼氏初彼女なのよ！

そりゃ初々しくもなるわよ！

「とにかく」

仕切り直すように、美羽は言う。

「タク兄が会いに来てくれるなら、ちょうどいい機会じゃん。単身赴任のこと、ちゃんと相談してみなよ」

「うん、そうしてみる」

「……また土壇場で躊躇して言えなかったとかになったら、本気で軽蔑するからね、ママ」

「わ、わかってる」

だいぶ信用をなくしている私だった。

第六章 仕事と恋愛

♥

大学生のタッくんはまだまだ夏休みが継続中。

今日は一日予定もなく、会うのはどの時間でも大丈夫とのことだった。

あんまり早くても遅くても変な感じがしたので、なんとなく午後の二時ぐらいに約束した。

美羽は図書館で夏休みの宿題をやると言って、午前中から家を出て行った。

気を遣ってくれたのか、あるいは宿題が本気でヤバいのか。

まあ……たぶん両方だろう。高校生ぐらいになると、もう親が手伝える宿題はないからね。

一人で頑張るのよ、美羽。

家事をしたり、仕事をしたり、ご飯を食べたり。

そうしていると、あっという間に約束の時間になった。

「い、いらっしゃい、タッくん」

「こ、こんにちは、綾子さん」

ぎこちない挨拶を交わしつつ、やってきたタッくんを家に招き入れる。

二人分の飲み物を用意した後、向かい合って座る。

「…………」

「…………」

早速の沈黙。

ど、どうしよう……気まずい。

タッくんの顔がまともに見られない。

向こうも恥ずかしそうな顔をしている。

晴れてカップルになれた私達(わたしたち)だけど……そのせいでお互いにめっちゃ意識している感じがする。

なんだか——三ヶ月前に戻ったみたい。

タッくんから告白されて、彼の行為に気づいてしまった直後。

あのときも、相手のことを意識しすぎて顔を見ることすら恥ずかしかった。

「……なんか照れますね」

沈黙を破ったのは、タッくんの方だった。

「そ、そうね。照れちゃうかも」

照れる。

照れるに決まってる。

だって私達(わたしたち)は——とうとうカップルになってしまったのだから。

言い換えれば、お互いにお互いを好きだと認めている状態。

常時愛を訴え続けているようなもの。

そんなの――恥ずかしいに決まっている。

「なんか……考えてみると、すごく恥ずかしい行為よね、付き合うって」

「なにがですか？」

「だって付き合うって、交際するって――要するに『私には好きな人がいます』って周囲にアピールしているようなものじゃない⁉」

カップルとは、両想い(おも)だからカップル。

だから改めて考えてみると……付き合うとは『私には好きな人がいます』と公言していることと同義！　もっと言えば『私には好きな人がいて、その人も私のことが好きです、てへ』と自慢しているのと同義！

な、なんて恥ずかしいことをしているのかしら！

「それは、なんていうか……斬新な発想ですね」

「でもそういうことよね？　お互いに好きだから、カップルになるんだもの」

「その考えでいくと……結婚はもっと恥ずかしいことになりそうですね」

「っ⁉　そ、そうね。結婚なんて『私には大好きな人がいて、その人と生涯添い遂げる約束をしました』って周囲に自慢しまくってるようなものじゃない……！」

は、恥ずかしいっ！

もはや羞恥プレイに近い！

よくみんな堂々と発表できるわね……！

「……ぷっ、あはは」

私が結婚制度の真実に戦慄していると、タッくんは噴き出すように笑った。

「ど、どうしたの？」

「すみません。いや、なんか、すげえピュアなこと言い出したなって思って」

「なっ。うう……そんなバカにしなくてもいいでしょ」

「バ、バカにしてるわけじゃないですよっ。むしろ……綾子さんのそういうピュアなところ……俺、好きですから」

「……っ」

不意の『好き』に、どきんと胸が高鳴ってしまう。

ときめきを感じる反面……やや釈然としない気持ちにもなる。

ピュアって。

この年でピュアって褒められるって、なんか複雑……。

「ほんと……夢みたいですよ、綾子さんと付き合えるなんて」

「夢って。大げさなんだから」

「大げさじゃないですよ。本当に、ずっと夢でしたから。十年間、ずっと、ずっと綾子さんとこういう関係になれることを望んでましたから」

「もう。またそういうこと言う……」

照れながらも本当に嬉しそうに言うタッくんに、こっちの方が照れ臭くなってしまう。鼓動はどんどん速くなり、体中が熱くなる。

「……ねえ、タッくん」

私はつい、尋ねてしまう。

すでにある程度答えの予想がついていることを、あえて訊いてしまう。

「今日は、どうして会いに来てくれたの？」

「どうしてって……いや、別に、理由はないですけど」

「じゃあ、やっぱり……その、ただ私に会いたかったってこと？」

「……ま、まあ、そうなりますね」

顔を赤くするけれど、しかし否定はしないタッくん。

「ふ、ふーん。そうなんだ」

「普通……じゃないですか？　好きな人には毎日だって会いたいですよ」

「……っ」

好きって。

また好きって言われちゃった。

ああもうっ、なんでタッくん、こんなポンポン好きって言ってくるの⁉

私がドキドキで殺されそうになっていると、

「あ、綾子（あやこ）さんの方はどうなんですか？」

タッくんが言い返してきた。

照れた顔で、しかしまっすぐこちらを見て。

「え。ど、どうって？」

「だから、その……俺に、会いたいって思ってましたか？」

「……っ。そ、それは……別に、えっと……うん」

突然の質問に戸惑うけれど、最終的には頷（うなず）いてしまった。

「私だって……会いたかったわよ。今日、会いたいって言ってもらえて、すごく嬉（うれ）しかった。
だって……私もタッくんのこと、大好きだもん」

「……っ」

顔を真っ赤にし、手で口元を隠すタッくん。

「な、なにその反応……？」

「いや、なんか……すっげーかわいいこと言ってきたと思って」

「〜〜っ⁉　そ、それはお互い様でしょ。からかってこないでよ、もう」

「からかったわけじゃないですよ。綾子（あやこ）さん、本当にかわいいから」

「だ、だからそういうのやめてってば、もう……」

「すみません。でも……そういう反応されるともっと言いたくなるんですが」

「え、ええ……。うう、タッくんの意地悪ぅ」

「ははは」

私が降参するように言うと、彼は嬉しそうに微笑んだ。

………。

いやっ。

なにこの時間⁉

なにこのぬるまっこい空間⁉

ああ、もう、なんか……うわぁ〜〜〜〜って感じ！

本人達は楽しいけれど傍から見たら絶対に気持ち悪いことになってる！

カップルが延々とイチャイチャしてるだけになってる！

他人に見られたら死にたくなるレベルのイチャイチャだと思う。

でも今私達は二人だけで、周囲の目を気にする必要なんてなくて——だからつまり、死ぬほど楽しくて死ぬほど幸福だった。

ああ……もう、幸せ。

好き。タッくん大好き。

私は彼が好きで、彼は私が好き。

言ってしまえばただそれだけのことなのに、まるで奇跡のように感じられてしまう。幸福な気持ちが溢れすぎて、溺れそうになってしまう。

これから先もこんな日々が続くなんて信じられない――

「………………」

舞い上がっていた頭が、一瞬、少しだけ冷静になる。

今日絶対に話さなければならない要件を、思い出した。

ああ、そうだ。

こんな日々は、続かないんだった。

私が東京に行くことになったら、こんな風に、当日に連絡してフラッと会ったりすることは難しくなるんだろう。

たったの三ヶ月。

でも、なんていうのか、これからの三ヶ月は……付き合い始めの一番楽しい三ヶ月なんじゃないかと思う。

カップルにとって――一番大事な時期なんじゃないかと思う。

ただでさえ私は、付き合う前の優柔不断が酷くて、彼のことを長々と待たせてしまったのに、付き合った途端、今度はこっちの都合で遠距離恋愛だなんて。

　こんな身勝手な女を、タッくんは許してくれるだろうか――

「……ん？　あれって、なんですか？」

　私が一人考え込んでいると、タッくんが声をあげた。

　視線の先にあるのは――リビングの隅に置かれた段ボール。

「ああ、あれは狼森さんから送られてきたものよ」

「狼森さんから？」

「今度、私の担当してる作品がアニメになるんだけど、今はそのための準備をいろいろ進めてる段階でね」

「アニメ化って……すごいですね」

「すごいのは作家の先生よ。私はサポートしてるだけだから」

　言いつつ、私は段ボールに近づいていく。

　一応、中身は開封済み。

　ただ……一回開けて中身を見た瞬間、一気にやる気を奪われてそのままリビングに放置してしまっていた。

「声優さんがイベントで着る、キャラの衣装とかも用意してるんだけど、一つサイズを間違えちゃったのがあったみたいで。そしたら狼森さんが……『歌枕くんにピッタリのサイズだと思うから、プレゼントするよ』って一方的に送りつけてきて」

愚痴っぽく言いながら段ボールから取り出したのは――

「メ、メイド服……？」

タッくんは目を丸くして言った。

そう。送られてきたのは、いわゆるメイド服だった。

一応白を基調としたデザインなんだけれど……なんて言えばいいのか、『ザ・漫画やアニメのメイド服』って感じの作りになっている。

フリフリでヒラヒラで、スカート丈が短く、胸元は結構開いている。

『きみおさ』に登場するヒロインの一人、アイリの衣装だ。

メイド喫茶で週七バイトしている設定で、作中での活躍シーンではなにかとメイド服を着ていることが多く、今回のイベントでの衣装もメイド服にしようという話になった。

「まったく……狼森さんもなにを考えてるんだか」

送られてきたタイミングはお盆前――つまり、まだタッくんと正式に付き合う前だから、もしかしたら『これを着て左沢くんを誘惑してみろ』みたいな思惑はあったのかもしれないけれど……そうだとしても余計なお世話もいいところ。

メイド服って。

着られるわけがないでしょ、こんなの。

「……それで、綾子さん」

私がうんざりして息を吐くと、タッくんが口を開く。

視線は、ジッとメイド服を見つめていた。

「これ、着てみたんですか？」

「へ……？　き、着るわけないでしょ」

「そうですか……」

露骨に残念そうな顔となる。

あれ？　なに、この反応……。

「……タッくんは、私にこれ、着てほしいの？」

わっ。

ちょっと。

なに言ってるの私……⁉

「え……そ、それは……まあ、はい」

驚きつつも、タッくんは頷（うなず）いた。

最近気づいたこと。

タッくんって……基本的には低姿勢なんだけど、押しは強い。

照れてても希望は割とはっきり言う感じ！

「気にはなりますよ。こういう服、綾子（あやこ）さんが着たらどうなるんだろう、って」

「……ふ、ふーん。そうなんだ」

そうなんだ。

タッくん、私に着てほしいんだ。

これを着たら、喜んでくれるんだ――

「……じゃ、じゃあ」

震える声で私は言う。

「ちょっと着てみようかしら」


普段なら、絶対に着なかったと思う。

この年でメイド服なんて……キツいどころの騒ぎじゃない。

どれだけ頼まれたところで、いつもなら絶対に着ない。

……いや、まあ。

自他共に認めるほど押しに弱い私は、強引に勧められたら最終的には着たような気もする。

褒めておだてられたり、あるいは罠(わな)にハメられたりしても、なんだかんだ着ちゃったと思うけれど――でも。

その『なんだかんだ』が、今日はなかった気がする。

着る着ないの一悶着を飛ばして、すぐに着る決断をした。

だって――こんなバカなことできる時間も、もうわずかかもしれないから。

残り短い時間、タッくんをできる限り喜ばせてあげたい。

着てほしい服があるなら、全部着てあげたい。

そんな焦りにも似た思いでメイド服に袖を通す決意をしたのだけれど――いざ着替えてみて、激しい後悔に襲われることとなった。

「い、いらっしゃいませっ、ごしゅじ――ごめん無理っ！　やっぱり無理っ！」

脱衣所で着替えを終え、リビングに入った後、一瞬でも躊躇したらもう耐えられないと思って全力のハイテンションで決めようと思ったが――

結局、台詞一つ言い終えることができなかった。

自分で自分に耐えられなかった。

キッツ……。

この服、キッツい……。

脱衣所の鏡で見た自分の姿は……フリフリでヒラヒラのメイド服を着ているおばさん以外のなにものでもなかった。

しかも……物理的な意味でもキツい。

声優さんにはサイズが合わなかった――大きくてサイズが合わなかったメイド服らしいけれ

ど……私にはややキツい。

胸とお尻がパツンパツンになってる……。しかもビキニみたいにオヘソが露出するデザインだから……ちょっと油断のあるお腹回りが思い切り露出してしまっている。

今にも心がへし折れそうになる。

致死性のダメージを負う私を、タッくんは沈黙したまま見つめていた。

「うう、タッくん……お願いだから黙ってないでなにか言って」

「えっと」

「ああっ、やっぱりなにも言わないで！　一切言及しないで！」

「……どっちなんですか」

困ったように突っ込んだ後、

「似合ってますよ、綾子（あやこ）さん」

とタッくんは言った。

すっごくストレートに褒めてきた。

「なっ……い、いいのよ。そんな見え透いたお世辞言わなくて……。本当はキツいって思ってるでしょ？　勧めてみたはいいけど思ったよりキツかったって思ってるんでしょ？」

「そんなこと思ってませんって」

「ほんとに……？」

「……まあ、若干思ってますけど」

「ほ、ほら！　やっぱり！」

「でもっ、そこがいいんですよ！　年齢にそぐわないような格好をして恥ずかしがってるところが、たまらなく魅力的っていうか」

タッくんは拳を握りしめて熱弁する。

「年甲斐もないことしてるときの綾子さんが、俺は大好きなんで」

「え、えー……」

これは、褒められてるのかしら？

び、微妙……。

ポジティブに捉えれば『いつまでも若々しい』って意味にも取れるのかもしれないけれど、結局は『いい年こいて恥ずかしいことしてる』って意味じゃないのかしら？

それが好きって。

「……タ、タッくんってアレよね。前々からちょっと思ってたけど、結構マニアックな趣味をしてるわよね」

「ぐっ……」

一瞬ショックを受けたような顔をするけれど、

「だ、誰のせいだと思ってるんですか？」

ジッとこちらを見つめて言い返してくる。

「え……？」

「もし仮に俺の性癖がねじ曲がってるんだとしたら……それは完全に綾子さんのせいだと思いますよ」

「そ、そうなの!?」

「子供の頃から……いろいろされて来ましたからね。こっちは一人の女性として見てるのに、綾子さんはいつまでも子供扱いして……一緒にお風呂に入ったり、サンタのビキニを見せつけてきたり、カーテンの中で抱き締めてきたり」

「〜〜っ！　そ、それは、だって……タッくんが私のことをそういう目で見てるなんて、知らなかったから……」

知らなかった。

全く知らなかった。

私をそういう目で見ていることに、全然気づいてあげられなかった。

そのせいで……うん。

ほんと、いろいろヤバいことやってきちゃったなあ。

あれとかこれとか、あれとかこれとか。

私が無自覚にやってきた数々のスキンシップ——その全てのタイミングで、向こうが私のこ

なってくる。

とを異性として見ていたのだと思うと……恥ずかしいやら申し訳ないやらで、体中がむず痒くなってくる。

「無自覚な綾子さんに、俺はずっとドキドキしてたんですよ？　俺の趣味がマニアックだって言うなら、それは全部綾子さんのせいです。綾子さんからの数々の誘惑のせいで……俺はもう、あなたしか愛せない体になってしまったんです」

拗ねたように言われた言葉は、熱烈な愛情表現にも聞こえてしまう。

あなたしか愛せない体って。

なんか……すごいことを言われた気がした。

「それは、えっと、ごめんなさい」

どうしたらいいかわからず、とりあえず謝罪する私。

「純真無垢だった少年を誑かしてしまった罪は……その、これから追々と償っていくから」

「そ、そうしてもらえると嬉しいですね。これから、末永く……」

冗談めかして言ってみると、タッくんも笑ってくれた。

「あの、綾子さん。せっかくなんで……写真撮ってもいいですか？」

「写真!?」

「記念に」

「なんの記念よ！　ダメよ！　絶対ダメ！」

こんな醜態を記録に残すわけにはいかない！

万が一人様に見られたら……もう街を歩けなくなっちゃう！

「ダメですか？　絶対に誰にも見せませんから。俺が一人で楽しむ用なんで」

「な、なにを楽しむつもりなのよ……？　ダメったらダメ。こんな恥ずかしい格好、写真になんか撮らないでよ」

「……そこまで恥ずかしがることもないでしょう。綾子さん、普段から『ラブカイザー』のコスプレしてるのに」

「『ラブカイザー』は別腹なの！」

あれは儀式だからいいの！

一人で部屋でテンションあげるためにやるものだからいいの！

完全なる自己満足だからいいの！

「どうしてもダメですか？」

「ダ、ダメよ……」

「……俺をマニアックにした罪を償ってくれるのでは？」

「うっ」

珍しく意地悪なことを言うタッくんだった。

早速言葉の揚げ足を取ってくるなんて。

まったく……もう、そんなに撮りたいの？

そんなに——魅力的だと思ってくれてるの？

「……もう、しょうがないわね」

「い、いいんですか？」

「ただし、条件があるわ。タッくんも一緒に写ること」

「俺も……？」

ツーショットならどうにか耐えられるかもしれない。

私一人が写真撮影会みたいなノリで撮られるのは……さすがに無理。

「……ふっ、ふふふ。これで万が一流出したときは、タッくんも道連れね。もしものときは二人で地獄に落ちましょう」

「怖いこと言わないでくださいよ……」

写真撮影はツーショット限定で行うこととなった。

タッくんがスマホを構えて腕を伸ばし、私は彼の近くに寄る。

「綾子さん、その、もっと近くに」

「う、うん……」

自撮りのために、私達はかなり密着することになってしまう。

「……腰、触ってもいいですか？」

「そ、そういうのいちいち聞かなくていいからっ」

タッくんが軽く腰に触れて、抱き寄せるようにしてくる。私もそれに応えるため、恥ずかしさを堪えて軽く抱きついてみた。

スマホの内カメラに映る私達は、いかにもカップルの自撮りらしい、実にイチャイチャした感じの構図となっていた。

ああ――

なんだろう、この気持ち。

こうして触れ合っていると、相手の体温や感触、匂いが伝わってくる。全身で相手の存在を感じ取れて、すごく幸せな気持ちになる。

ああ、知らなかった。

好きな人と触れ合うのって、こんなに幸せで、気持ちいいものなんだ。

私……好きかもしれない。

こうやって触れ合ったりくっついたりするの……結構好き。すっごく好き。三十すぎてこんな甘えん坊みたいなことを言い出すのはすごく恥ずかしいのかもしれないけれど……でも、好きなものは好き。

もっといっぱい、触れ合いたい。

たくさん触りたいし、触ってもらいたい。

もっといっぱい、イチャイチャしたい——

でも。

もしも東京に行ってしまえば、もうこんな風に触れ合うことができない。

メッセージのやり取りや、電話で声を聞くことはできるけど、肌と肌で触れ合うことはできない。どんなにインターネットテクノロジーの発展が目覚ましいとは言え、遠方の恋人がハグができるような技術は、未だに誕生していない。

遠距離恋愛になってしまえば、しばらくの間、彼の体温も匂いも感じることができなくなってしまう。

そう考えてしまった瞬間——

今感じている彼の全てが、たまらなく惜しくなってしまった。

たまらなく愛おしくなってしまった。

「じゃあ、撮りま——えっ？」

今にも写真が撮られようというとき。

私は彼に抱きついた。

さっきまでの軽い抱きつきとは違う、本気の抱擁。

腕を背中に回し、広い胸板に顔を埋め、強く強く抱き締める。

「むう……」

「あ、綾子さん……？」

「むう～っ。むう～～～っ」

胸に顔を埋めたまま、奇声めいた唸り声を発してしまう。

どうにもならない気持ちをどうにか落ち着かすために、どうかしてるとしか思えない奇行を取ってしまっていた。

「……タッくん、ごめん」

やがて少し気持ちが落ち着いたところで、私は言う。

「私……東京で働かないかって誘われてるの」


二人でソファに並んで座り、私は今回の単身赴任の話をした。

アニメ化などの事情も、三ヶ月という期間についても。

……ちなみに。

メイド服はもう着替えている。さすがにあんなふざけた格好のまま話すわけにはいかない。

私達カップルにとって、とても大事な話なのだから——

「来月から、東京に……？」

話を聞き終えたタッくんは、神妙な顔つきとなってしまう。

思ったよりも動揺している様子はない。

驚きすぎて、逆に冷静になってしまった感じなのだろうか。

「ずいぶんと、急な話ですね……」

「……狼森(おいのもり)さんの方でも、いろいろ準備があったみたいで」

普通の単身赴任ならばこんな急な話はありえないだろう。

でも今回は——業務命令ではない。

私の自由意志が認められている。

断ったところで、なにか罰を受けることはない。

裏を返せば。

全てが私の責任、ということでもある。

会社の命令だから仕方なく、とか。

そんな風に言い訳をすることは許されない。

私が己の意思で選択しなければならないことであり——選択に伴う責任は、私自身が取らなければならないのだ。

「私さえやる気なら……狼森(おいのもり)さんができるだけフォローしてくれるって。会社の近くに部屋も用意してもらえるみたいで……本当、ありがたい話だと思う。美羽(みう)にも話したけど、私なら一人で大丈夫だから行ってきて、って……」

「……それで」

タッくんは問う。

核心に迫ることを。

「綾子さんは――どうするつもりなんですか」

「……行きたい、と思ってる」

私は言った。

観念するように言った。

「こんなありがたい話、もうないだろうから。編集者としてスキルアップするための、願ってもないチャンスだと思う……それに」

一拍おいてから、続ける。

「なにより私自身――やりたいの。担当している作品のアニメ化に、しっかり関わってみたい。自分が一から立ち上げた作品が羽ばたいていくところを、ちゃんと最後まで見届けたい」

せっかくの機会に編集者としての経験を積みたい、みたいな気持ちももちろんあるけれど
――でも一番じゃない。

一番は、担当作を最後まで見届けたいという気持ち。

義務感や責任感ともまた少し違う、純粋な願望。

ある意味では、エゴに近い感情だと思う。

白土先生が書いてくれた最高に面白い小説が、様々な縁に恵まれてアニメ化という晴れ舞台を迎えることとなった。

できることなら担当の私が最後まで付き合いたい。

作品のことを一番わかってる人間は、作品のことを一番愛している人間は、作者の白土先生を除けばきっと私だから。そうでありたいから。だからアニメ化にも全力で関わって、作品にとって最善の形を目指していきたい。

でもそれは、叶わぬ望みのはずだった。

東北住みという物理的な問題から、最初から諦めていた。変に希望を出すことで周囲を混乱させても申し訳ないから、誰にも言わずに隠し続けてきた。

しかし。

不意にチャンスを与えられてしまったせいで、心の奥底に閉じ込めていたはずの欲求に火が点いてしまった。

「そう……ですよね」

タッくんは苦笑する。

「綾子さん……ずっと、仕事の方も我慢してきたんですよね。やりたい仕事があったとしても、美羽のことを一番に考えて、仕事量はセーブして、美羽との時間をなによりも優先して……」

「……………」

「それがわかってるから、美羽も応援してるんだと思いますよ。自分のせいで我慢させてたことを、今の綾子さんに存分にやってほしいと思ってるはずです」

　そうなのかもしれない。

　素っ気ない態度だからわかりにくいけれど、なんだかんだ美羽は、私のことを思いやってくれているのだと思う。本当に、ありがたい話だ。

「……タッくんは？」

　私はつい、縋るような声を出してしまった。

「タッくんは、どう思う？」

「…………」

「私が東京に行くってなったら……嫌、じゃない？」

　少し考え込むような間があってから、

「そりゃ……嫌だって気持ちも、少しはあります」

　苦々しい顔で、タッくんは言った。

「綾子さんと離れればなれになるのは、寂しいし悲しいです。ようやく付き合えたのに。これからってときなのに」

「……っ」

「でも……俺のせいで綾子さんがやりたいことをできないのは、もっと嫌です」

まっすぐ私を見つめて、タッくんは言った。

「俺はずっと……綾子さんと付き合いたかった。綾子さんの横にいても似合うような、格好いい大人の男になりたかった。今、どれだけ実現できてるかはわかりませんけど……でも、今ここで綾子さんの足を引っ張るような男は、絶対格好よくないですよね」

「タッくん……」

「東京で思う存分働いてください、綾子さん」

彼は言う。

とても優しい笑顔をして。

こんなわがままを言う女を、一切否定せずに肯定してくれる。

「綾子さんがやりたいこと、俺は心から応援しますし、できる限り協力します」

「タッくん……」

「まあ、さすがに二年も三年も会えないとかだったら考えますけどね……。でも、三ヶ月ぐらいなら」

「……そう、よね。たった三ヶ月の遠距離恋愛だもんね」

三ヶ月。

たったの三ヶ月。

しかも国内で、その気になれば二時間で会える距離。

この程度でウダウダ言ってたら、本気の遠距離恋愛をしているカップルに笑われてしまうのかもしれない。

でも——いざタッくんと気楽に会えなくなる三ヶ月だと思うと、なんだか永劫のように感じてしまう。

「うう……」

様々な感情がこみ上げてきて、目から涙が溢れそうになる。湧き上がる愛しさや寂しさを必死に抑え込もうとするけれど、段々とその抑える力は弱くなっていってしまう。

今はもう、頑張って格好つけなくてもいいのかもしれない。

だって——こんな時間はあと一週間程度しかないんだから。

格好つけて強い女ぶってもしょうがない。

見栄も建前も捨てて、思う存分甘えてしまってもいいのかもしれない。

そう考えてしまった瞬間——私は再び、隣に座る彼に抱きついてしまった。

「あ、綾子さん……」

「……やだよぉ。タッくんに会えなくなるの、寂しいぃ……」

恥もプライドも捨てて、子供みたいに甘えてしまう。

そんな情けない私に、タッくんは一瞬だけ驚いた反応をしたけど——でもすぐに優しく微笑んで、ポンと頭に手を置いた。

「俺だって寂しいですよ。でも、大丈夫です、きっと大丈夫です」

「ごめんね、タッくん……。付き合った瞬間にこんなことになっちゃって。付き合えたら……今まで待たせた分も、タッくんにお返ししなきゃって思ってたのに」

「そんなこと考えなくていいんですよ。綾子さんと付き合えてるだけで、俺にとっては奇跡みたいに幸せなことなんですから」

「……東京行ったら、私、毎日電話しちゃうかもしれないけど、ウザがらないでね」

「ウザがりませんよ」

「……私がいなくても浮気しちゃダメよ」

「するわけないでしょう。綾子さんこそ、しないでくださいよ」

「そんな暇ないわよ。遊びに行くんじゃないから」

「向こうじゃ、ノーブラでゴミ出しに行っちゃダメですよ」

「も、もうしない！　あれはあのとき一回だけ！　もう絶対にしない！」

横に座る彼に寄りかかるようにしながら、他愛ないやり取りをする。

こうしていると、自分が相手より十歳も年上であることを忘れそうになる。

大人としての見栄や意地みたいなものが、限りなく薄くなっている。

どこにでもいる少女のように、彼氏に甘えてしまっている。

こんな風に誰かに甘えるのなんて、いったい何十年ぶりだろう――

「……東京行くまで、もう一週間ぐらいしかないけど……それまで、いっぱい……できるだけいっぱい、タッくんとイチャイチャしたい」

私は言った。

言ってしまった。

ドサクサに紛れて、とてつもなく恥ずかしい台詞を。

平常時だったらまず言えなかっただろう。

あと一週間という制限時間が、私から大人としての鎧を取り去って、子供じみた本能を剝き出しにさせてしまったらしい。

でも……それにしたって恥ずかしすぎることを言ってしまったかもしれない。

言った瞬間から凄まじい後悔と羞恥が襲ってくるけれど、

「喜んで」

タッくんは笑ったりからかったりすることなく、とても嬉しそうな顔で私の言葉を受け止めてくれた。

ああ……好き。

タッくん、大好き。

「タッくん、大好き」

心の声がそのまま口に出てしまった。

「俺も大好きです」

タッくんもすぐに同じ言葉を返し、そして私を強く抱き締める。

かけがえのない幸福が、私達二人を包み込んでいくようだった。

「……それで、あの」

至福の抱擁が数十秒ほど続いた後、タッくんは少し身を離した。

極めて真剣な目でこっちを見つめてくる。

「イチャイチャするのって……今からでも大丈夫でしょうか？」

「い、今から⁉」

「はい」

力強く頷くタッくん。いや待って。ちょっと待って。

確かに私から言い出したことなんだけど……ちょっといきなりすぎないかしら⁉

だってまだ、心の準備が……！

パニックに陥りそうになる私だったけれど、

「それは、ええと……べ、別に、いい、けど」

熱烈な視線に気圧されて、つい頷いてしまった。

その瞬間、タッくんは堪えきれないとばかりに、私の両肩を摑んだ。

「へ……？　え、ええ……」

困惑する私をよそに、タッくんはゆっくりと顔を近づけてくる。

私は完全に硬直。

一瞬で様々なことを考えてしまう。

ああ……キスされちゃう。一応、二回目のキス。最初のアレをノーカウントとするならば、付き合ってから最初のキス。だ、大丈夫かしら……？　お昼なに食べたっけ？　ていうか……イチャイチャってなにするの？　どこまでしちゃうの⁉　まさか……さ、最後まで⁉　こんな昼間っから……え、えっと、アレの用意とかしてないんだけど——とか。

ほんの一瞬でいろいろ考えてしまったけど、すぐに思考は消えていく。

もうなにも考えられない。

流れに身を任せてしまいたい。

彼が望むことならば、なんでもしてあげたくなってしまった。

私は目を閉じ、全てを彼に委ね——

「——ただいまー」

ガチャリ、と。

玄関のドアが開く音と、聞き慣れた美羽（みう）の声。

「「〜〜っ」」

あと一センチというところまで接近していた私達は、弾けるように距離を取った。

大慌てで服や髪を整え、ソファから立ち上がる。

「あれ？　タク兄まだいたんだ」

リビングに入ってくる美羽。

「み、美羽っ……、早かったわね……」

私は必死に平静を装って応じる。

心臓は今にも破裂してしまいそうで、変な汗が一気に噴き出してきた。

なんで……なんでよりにもよってこんなタイミングで――

「うん、今日の分は終わったから。ママこそ、タク兄にちゃんと話したの？」

「え、ええ。ねえタッくん？」

「は、はい……」

「ふーん。ならいいけど。てか、二人ともなにそんな焦ってんの……？」

エアコンが効いた室内だというのに、汗をかいて息を荒くしている私達を、美羽は訝しそうに見つめる。

しかしやがて、その顔は段々と赤くなっていった。

独特のソワソワ感を出してしまっている私とタッくんに、美羽は照れたようなドン引きしたような顔で言う。

「……え？　ヤッてた？」

「「ヤってないっ！」」

ハモって叫ぶ私達だった。

この一週間後。

私は単身、東京へと旅立つ。

ようやく始まった私達の交際は、遠距離恋愛から幕を開けることとなる。

エピローグ

♥

九月。

学生達の夏休みが終わり、二学期が始まる季節——

私は一人、東京の地に降り立った。

「……ふう」

新幹線を降りると、たくさんの人が忙しなく歩く姿が目に入る。相変わらずこっちは人がいっぱい。気温は東北よりは少し暑いぐらい。七月末に来たときよりはだいぶマシだけど。

キャリーケースを引きながらどうにか東京駅の混雑を抜けて、並んでいたタクシーの一つに乗り込む。

後部座席から、美羽にメッセージを送る。

『無事、東京に到着！』

『よかったね』

『そっちは大丈夫？

困ったことはない？

なにかあったらすぐ連絡してね』

『いや、まだ一日目だから。もっと言うと駅で見送ってから、まだ二時間しか経ってないから』

『ママがいなくて寂しくなってない？』

『いくつなの、私は？　心配しすぎ。お婆ちゃんもいるから、ママがいなくても大丈夫』

ついつい心配してあれこれ気を回してしまうんだけど、美羽の態度は素っ気ないものだった。

まったく、親の心子知らずとはこのことね。

まあ、美羽ならきっと大丈夫よね。

お母さんも早速今日から泊まりに来てくれることになったし。

そちらにもメッセージを送ってみると、もう家に到着していて夕飯の準備をしているところらしい。かなりはりきっているようなので、こちらとしても安心して留守を任せることができる。

続けてタッくんにもメッセージを送ろうと思うも——ふと、手が止まってしまう。

「…………」

彼は今日、駅にお見送りには来てくれなかった。

用事があったらしい。

なにかは教えてもらえなかったけれど、どうしても外せない用事らしい。

しょうがないことだとは思うけど……やっぱり、ちょっと寂しい。

旅立つ前に、最後に一目会いたか——ああっ、ダメダメ。

ダメよ、綾子。

初日からこんなことでどうするの！

これから三ヶ月……タッくんと遠距離恋愛しなきゃなんだから。

大丈夫。私達ならきっと大丈夫。

だって……この一週間、いっぱいイチャイチャしたし！

たくさんたくさんイチャイチャした。

会えなくなる三ヶ月を先取りするみたいに、何度も何度も——

まあ、さすがにお互いにやることはあるから毎日毎日会ってたわけじゃないし、双方の家族の目も気になるからあまりオープンなことはできなかったけれど——それでも。

それでも空いた時間を見つけて、できる限り会うようにした。

今を逃したらしばらく会えないと思うと……私もいつもより素直になれたし、いつもより大胆にもなれた。ここぞとばかりに甘えまくってしまった。

まったりお話ししたり、手を繋いだり、そしてハグなんかもしちゃったり！

思い出すと赤面するような行為も、たくさんしてしまった。

一昨日は丸一日デートして『ラブカイザー』の夏映画も一緒に見に行けたし、とても充実した一週間だったように思う。

この思い出で、どうにか三ヶ月やっていけるはず。

いや。

どうにか、やっていかなければならない。

私が自分で選んだことなのだから。

「……はい、これで。あっ。領収書お願いします」

十数分のドライブで目的地へと到着。

運転手にお礼を言って、タクシーを降りる。

目に入るのは——背の高い建物の群れ。都心からは少し離れた場所だけれど、それでも地方育ちの私からすれば、十分賑わっているように見える。横の道路では地元では考えられないような交通量の車が走り続けていた。

この辺りに、今日から私が三ヶ月間住むマンションがあるらしい。

駅やコンビニも近く、飲食店なども充実していて、居住地としてはなかなか人気の高いスポットであるらしい。こんなところに三ヶ月とは言え無料で住めるなんて、贅沢な話なんだろう。

……駅から近いということは、つまり私は東京駅からも電車を使えば簡単に安くここまで来ることができたのだけれど……ついタクシーを使ってしまった。しょうがない。だって今日はキャリーケースがあるし、どうせ経費だと思ってしまったし。

スマホで一度道を確認してから、目的のマンションを目指す。

見慣れぬ道をどうにか迷わずに進んでいると——着信があった。

『やあ、歌枕くん』

電話の相手は狼森さんだった。

「どうしたんですか?」

『いや、別に大したことじゃないんだけどね。そろそろ着いた頃かと思って』

「東京にはつきましたよ。今タクシーから降りて、マンションに向かってるところです。部屋についたら連絡入れようと思ってたんですけど」

『ああ、そうか。まだ部屋にはついてなかったのか。なら、ちょうどよかったかな』

「ちょうどよかった?」

『いやいや、こっちの話だ』

「はあ……」

どうしたんだろう?

まあいいか。

狼森さんが意味深長なのはいつものことだし、考えても無駄無駄。

『なんにしても、嬉しい限りだよ。明日からしばらくは、歌枕くんと肩を並べて働くことができるわけだからね。ふふ。すごく新鮮な気持ちだ』

「……そうですね」

なんとなく感慨深い気持ちになる。

『ライトシップ』に就職し、狼森夢美（おいのもりゆめみ）の下で働き始めたのは、今からもう十年前の話。

突如シングルマザーになってしまった私のことを思いやり、狼森（おいのもり）さんは特別にリモートワークを認めてくれた。

それからずっと、私は東北で働き続けてきた。

こっちにはたまに顔を出す程度で、仕事の大半は在宅で行ってきた。

そんな私が、明日からは本社で働く。

ワクワクするような緊張するような、複雑な気持ちである。

『とりあえず、今日のところはゆっくりと休みたまえ。仕事の方は明日からバリバリやってもらうから』

「わかりました。……あっ。あそこだ」

電話しながらも歩を進めていると、目的地であるマンションが見えてきた。

「わあ、すごい。予想よりずっと立派ですね」

周囲にある他のマンションと比較しても、一際（ひときわ）大きく一際（ひときわ）新しい。

一部屋借りるにしても、相当な家賃を取られそう。

購入するとなったら……いくらになるか見当もつかない。

「……すごいですよね、狼森さん。こんな立派なマンションの部屋を持ってるなんて」

若干引くような気持ちで私は言った。

用意してもらった部屋は、社宅ではなく（そもそも『ライトシップ』に社宅なんてものは存在しない）、狼森さんが個人的に所有している部屋だった。

『大したものじゃないよ。営業に来た不動産屋に、投資になるとかならないとかおだてられたせいで、ついうっかり契約してしまっただけの部屋さ。まったく……あそこの不動産屋は上手いんだよなあ。私への営業には必ず私好みの若いイケメンを送り込んでくるんだから』

「……はあ、そうですか」

世の中の金持ちというのは、営業に来たイケメンがおだてると、ついうっかりマンションを契約してしまうらしい。

我が上司は相変わらず、すごく稼ぐけど浪費もすごいお方だった。

いや、投資目的ならば浪費ではないのかな？

『適当に人に貸したりもしていたんだけれど、最近は面倒で放置気味だった。むしろ住んでもらえた方がありがたい』

「そういうことなら遠慮なく」

『うむ。それで……実はその部屋なんだが』

狼森さんは楽しげに続ける。

『歌枕くんの新生活を祝し、ちょっとしたサプライズを用意していてね』

「サプライズ？」

『部屋に入ればわかると思うから、楽しみにしているといい』

「……嫌な予感しかしないんですけど」

『失敬な。私をなんだと思っている？』

憤慨する狼森さん。

いやあ……普段が普段だからなあ。

『心配せずともタチの悪いドッキリや悪戯なんかじゃないよ。歌枕くんが必ず喜んでくれるものを用意しておいた』

自信満々の台詞で、電話は終わる。

私が必ず喜ぶもの？

なんだろう。

高いお酒とか美味しいお肉とかだったら、ちょっと嬉しいけど。

いろいろと考えを巡らせながら、私はマンションの敷地内に足を踏み入れる。

事前に送ってもらっていた鍵を使い、オートロックの玄関を突破。

エレベーターで目的の階まで昇っていく。

「ここか」

十階の角部屋の前に立って一息吐く。

ここが、今日から三ヶ月、私が住む家。

頑張ろう。精一杯頑張ろう。

タッくんと離ればなれになってまで仕事をしに来たんだから、しっかり働かなきゃ彼に申し訳が立たない。

「……はあ」

タッくんのことを思い出した瞬間、猛烈な寂しさがこみ上げてきた。

はあ……会いたい。

早くも会いたい。

あーあ、このドア開けたらタッくんが立ってたらいいのに。

なんてそんなことあるわけがないんだけど。

詮ないことを考えながら鍵を差し込むが――

「ん……あれ？」

鍵は――すでに開いているようだった。

え？　どうして？

なにかの業者さんが来ているとか？　あるいは……部屋を間違えた？　それとも狼森さん

が言ってたサプライズ？　まさか――狼森さん本人がいるとか？

いろいろ考えを巡らせつつ、私はとりあえずインターフォンを押した。

ピンポーン、と。

すると数秒後、中からドアが開かれる。

そして――愕然とした。

「へ……？」

ドアを開いたのは、よく知っている相手だった。

幼少期からずっと知っている相手で、ここ最近は男女のお付き合いを始めちゃったりして、この一週間はひたすらイチャイチャしてた最愛の彼氏――

タッくんが、そこに立っていた。

「え？　え？」

パニック。大混乱。放心状態。

目をぱちくりさせてしまう。

最初は幻かと思った。私の頭と心が、タッくんを欲する余りとうとう幻まで生み出してしまったのかと思った。

でも——違うみたい。

何度瞬きしても、何度目を擦っても、やっぱりちゃんといる。

生身のタッくんが、目の前に立っている。

「な、え……？　な、なんで、タッくんが——」

「……ごめんなさい！」

混乱の極致となる私に、彼は深々と頭を下げた。

「今日まで黙ってて、本当にすみません……でも、言いたくても言えなかったんです。綾子さんには内緒っていうのが……狼森さんから出された条件だったから」

「え？　え？」

どういうこと？

狼森さん？　条件？

さっぱり意味がわからない。

なにがどうなってるの？

「えっと……なにから説明したらいいのか。その……結論から言うと——」

困り果てたような顔で、しかし迷いはなく、タッくんは言う。

「今日から俺も、ここに一緒に住みます」

「……っ」

えええええええええええええええええええええええええっ⁉

と内心で大絶叫。

ご近所迷惑を考えられる程度の理性はかろうじて残っていたけれど……でも、それでもやっぱり意味がわからない。なにがなんだかわからない。

まさかこれが――狼森さんのサプライズ？

私の知らないところで、どんな陰謀が渦巻いてたの？

状況にはさっぱりついていけないけれど、でも今目の前にいるタッくんは紛れもない本物で

――ということはつまり。

『今日から一緒に住む』発言も、紛れもない真実なのだろう。

ようやく始まった私達の交際は、遠距離恋愛から幕を開ける――のかと思いきや。

まさかまさか、同棲から幕を開けることとなるらしい。

あとがき

『仕事と私どっちが大事なのよ』とは、仕事ばかりしてる男に彼女や妻が言うテンプレートの台詞(せりふ)かと思いますが、女性もバリバリ働いて当然の今の時代では、男の方がこの台詞(せりふ)を言いたくなることも結構あるのではないかと思います。仕事ばかりじゃなくて俺のことも構ってよ、的な気持ち。男がこういうこと言い出したら、急に情けない感じが出てしまう気もしますけど、男だけ旧態依然とした『男らしさ』を求められ続けるのも、それはそれでなにかが違う気がするので、難しいものです。男女共に、大人になればなるほど仕事と恋愛は切り離して考えられなくなりますから、パートナーとよく話し合いながら上手(うま)く両立していきたいものですね。

そんなこんなで望公太(のぞみこうた)です。

お隣のママと純愛する年の差ラブコメ第四弾。

以下、本編のネタバレ多数。

ようやく二人が付き合うこととなりました。まあ三巻終わりでほとんど付き合うことは確定していたようなものですが、今回はじっくりのんびり回想を交えながら交際に至るまでの流れを描いた形です。ママとチビタッくんのエピソードをたくさん描けてとても楽しかったです。

ラブコメ的には一区切りですが、まだまだ続けていいらしいので続けます。二人が付き合った後になにをするかをいろいろ思案し、今度は物理的な距離が障害となってしまう『大人の遠距離恋愛編』をやろうかとも考えたのですが、そんなもん誰も求めてないような気がしたので、五巻からは『ドキドキ同棲編』がスタートします。きっとこっちの方が楽しい！

今回、綾子ママの職業的な話がだいぶ出てきましたが……結構ファンタジー入ってますので悪しからず。この作品のメインはあくまでラブコメですので、出版業界的な話はラブコメを引き立てる添え物のようなものと思っていただければと。現実の出版業界には、狼森さんみたいな超人ムーブできる人がいないのです……。

唐突な告知。漫画アプリ『マンガＰａｒｋ』様にてコミカライズは好評連載中です。ものすごいクオリティとなってますから必見です！　さらに——ママ好きの音声つきＰＶも公開中！　声がついた綾子ママとタッくんをみんなで堪能しましょう！

以下謝辞。担当の宮崎様。今回もお世話になりました。毎度なにかとギリギリで申し訳ありません。ぎうにう様。今回も素晴らしいイラストをありがとうございます。表紙のママがあまりにもママでとてもママって感じで最高です。

そして、この本を手に取ってくださった読者の皆様に最大級の感謝を。

それでは縁があったら次巻で会いましょう。

望　公太

娘じゃなくて私が好きなの!?
巻です。
巻のあのラストで
ったー！くっついた！」
思ったら
巻まさかのすれ違いで
てもハラハラしました…。
もようやく
タートラインに立てた
マたち！
マのお仕事の掘り下げも楽しく
れから距離という障害はあれど
愛初心者のウブウブな日常が
まるのかな…♡
思ったら
いきなり同棲！？
巻!! 5巻はいつですか!!?!?!?
回のあとがきイラストは
巻の表紙のボツ案を
えたものです。
の中、紫陽花をバックに
り返る濡れた人妻
妻ではない）
節感を出しつつ
っとり系の色気を醸し出す
マを描きたかったのです…。
れからもいろんなママを
くさん描きたいなぁ。

◉望 公太著作リスト

「娘じゃなくて私(ママ)が好きなの⁉」（電撃文庫）
「娘じゃなくて私(ママ)が好きなの⁉②」（同）
「娘じゃなくて私(ママ)が好きなの⁉③」（同）
「娘じゃなくて私(ママ)が好きなの⁉④」（同）

本書に対するご意見、ご感想をお寄せください。

ファンレターあて先
〒102-8177　東京都千代田区富士見2-13-3
電撃文庫編集部
「望　公太先生」係
「ぎうにう先生」係

本書は書き下ろしです。

電撃文庫

娘(むすめ)じゃなくて私(ママ)が好(す)きなの⁉ ④

望(のぞみ) 公太(こうた)

2021年 1 月10日　初版発行
2021年11月 5 日　3 版発行

発行者　青柳昌行
発行　株式会社KADOKAWA
〒102-8177　東京都千代田区富士見 2-13-3
0570-002-301（ナビダイヤル）
装丁者　荻窪裕司（META＋MANIERA）
印刷　株式会社暁印刷
製本　株式会社暁印刷

ISBN978-4-04-913621-0　C0193　Printed in Japan

電撃文庫　https://dengekibunko.jp/

電撃文庫創刊に際して

文庫は、我が国にとどまらず、世界の書籍の流れのなかで〝小さな巨人〟としての地位を築いてきた。古今東西の名著を、廉価で手に入りやすい形で提供してきたからこそ、人は文庫を自分の師として、また青春の想い出として、語りついできたのである。

その源を、文化的にはドイツのレクラム文庫に求めるにせよ、規模の上でイギリスのペンギンブックスに求めるにせよ、いま文庫は知識人の層の多様化に従って、ますますその意義を大きくしていると言ってよい。

文庫出版の意味するものは、激動の現代のみならず将来にわたって、大きくなることはあっても、小さくなることはないだろう。

「電撃文庫」は、そのように多様化した対象に応え、歴史に耐えうる作品を収録するのはもちろん、新しい世紀を迎えるにあたって、既成の枠をこえる新鮮で強烈なアイ・オープナーたりたい。

その特異さ故に、この存在は、かつて文庫がはじめて出版世界に登場したときと、同じ戸惑いを読書人に与えるかもしれない。

しかし、〈Changing Times,Changing Publishing〉時代は変わって、出版も変わる。時を重ねるなかで、精神の糧として、心の一隅を占めるものとして、次なる文化の担い手の若者たちに確かな評価を得られると信じて、ここに「電撃文庫」を出版する。

1993年6月10日
角川歴彦

電撃文庫DIGEST　1月の新刊

発売日2021年1月9日

新作　新・魔法科高校の劣等生 キグナスの乙女たち
【著】佐島 勤　【イラスト】石田可奈

伝説の魔法師・司波達也が卒業して一年。魔法科高校に二人の少女が入学する。十文字アリサと遠上茉莉花。彼女たちが学内で織り成す、仲間たちとの友情に青春に、そして恋……!?　魔法科高校『新世代』編スタート！

娘じゃなくて私が好きなの!?④
【著】望 公太　【イラスト】ぎうにう

私、歌枕綾子、3ピー歳。自分の気持ちを自覚した瞬間、感情が爆発し暴走……というか迷走。なぜかなかなか付き合えない私達！　どうしてこうなった!?

新作　神角技巧と11人の破壊者 上 破壊の章
【著】鎌池和馬　【イラスト】田畑壽之
【キャラクターデザイン】はいむらきよたか、田畑壽之

すべてを無に帰す破壊の力を宿した魔導兵器・神角技巧。どこにでもいる少年・ミヤビが偶然その兵器を受け継いだとき、大いなる運命の歯車が動き出す——！　話題を呼んだ鎌池和馬による驚異のプロジェクト、完全小説化!!

わたし以外とのラブコメは許さないんだからね②
【著】羽場楽人　【イラスト】イコモチ

意外にもモテモテだったことが発覚しても、変わらずヨルカ一筋な希墨。クラスに向けての恋人宣言で、晴れて公認カップルに。だが今度は希墨を中学時代から慕っていた小生意気な後輩のアプローチが始まってしまい!?

ダークエルフの森となれ2 -現代転生戦争-
【著】水瀬葉月　【イラスト】ニリツ
【メカデザイン】黒銀　【キャラクター原案】コダマ

強敵スライム種・アグヤヌバを撃破した後も、開けっぴろげなエロス全開で迫ってくるシーナと同棲生活を続ける練介。そんな中、練介の通う騎士高校に、新たなる魔術種の潜む気配。シーナとともに討伐に向かうが……

つるぎのかなた④
【著】渋谷瑞也　【イラスト】伊藤宗一

あの無念の涙から、一年。頂を競った二人の剣士、悠と快晴は新たな仲間、悩みとともに部を率いていた。再びの団体予選決勝、約束を果たすため走り続けた二人の剣の道が交錯する最後の場所は、つるぎのかなた——。

Re:スタート!転生新選組3
【著】春日みかげ　【イラスト】葉山えいし

坂本龍馬暗殺を阻止し、武力衝突無しに明治維新を達成させた周平たち。歴史は変わり新選組の面々は北の地で剣術道場……ではなく、なぜかメイド喫茶をすることに!?　一方、中央政府の大久保は新選組に目をつけ——

新作　絶対にデレてはいけないツンデレ
【著】神田夏生　【イラスト】Aちき

蒼月さんは、デレない。可愛いと言えば怒るし、デートと言えば食い気味に否定する。それに……「《大嫌い》。本当は、反対の言葉を伝えたいのに」これは絶対にデレない彼女がデレるまでの、少し不思議な恋のお話。

新作　先輩、わたしと勝負しましょう。ときめいたら負けです! イヤし系幼女後輩VS武人系先輩
【著】西塔 鼎　【イラスト】さとうぽて

離屋クオン。11歳の飛び級天才少女。彼女には、密かな野望があった。「あ、先輩、わたしあと二年で性的同意年齢に達しますから安心ですよ♪」危険な【ラブ攻勢】が繰り広げられる年の差学園ラブコメ！

新作　男女の友情は成立する?（いや、しないっ!!）Flag 1. じゃあ、30になっても独身だったらアタシにしときなよ?
【著】七菜なな　【イラスト】Parum

ある中学生の男女が、永遠の友情を誓い合った。1つの夢のもと運命共同体となった二人の仲は——特に進展しないまま高校2年生に成長し!?　親友ふたりが繰り広げる、甘酸っぱくて焦れったい〈両片想い〉ラブコメ！

新作　来タル最強ノ復讐者 ～救いなき監獄都市で絶望を容赦なく破壊する～
【著】哀歌　【イラスト】夕薙

ある日突然、無実の罪で妹を捕らえられ、止めに入った母を殺されてしまった青年ヴァイド。復讐を誓い最強の力を手にした彼は、自ら監獄の中へ。妹を救うため、強大な敵も渦巻く陰謀も全て捻じ伏せる復讐劇が始まる。

新作　犯罪迷宮アンヘルの難題騎士
【著】川石折夫　【イラスト】カット

ダンジョンでの犯罪を捜査する迷宮騎士。ノンキャリア騎士のカルドとエリート志向のポンコツ女騎士のラトラ。凸凹な二人は無理やりバディを組まされ、"迷宮入り"級の連続殺人事件に挑むことに!?